D1930105

Homewalk -

Coming-Outs unter Verschluss mit einer Portion Schuss

Laura Christen

© 2023 – all rights reserved
Ideen haben Rechte! Das Werk ist einschließlich aller seiner Teile urheberrechtlich geschützt.
Jede urheberrechtswidrige Verwertung ist unzulässig.
Alle Rechte sind vorbehalten, insbesondere die Rechte der gesamten Reproduktion/des Nachdrucks sowie der Verbreitung und Übersetzung.
Kein Teil des Werkes darf in irgendeiner Form (weder durch Fotokopie, digitale Verfahren sowie PC-Dokumentation) ohne schriftliche Genehmigung des Autors bzw. des Verlages reproduziert oder in Datenverarbeitungsanlagen sowie im Internet gespeichert werden.

Text: Laura Christen
Covergestaltung: Verlagshaus Schlosser
Umschlagabbildung: Laura Christen und AdobeStock
Satz und Layout: Verlagshaus Schlosser
ISBN 978-3-96200-774-4
Druck: Verlagsgruppe Verlagshaus Schlosser
D-85652 Pliening • www.schlosser-verlagshaus.de

Printed in Germany

Mein besonderer Dank gilt zwei Personen:
***B.B.** und **D.**!*

*Zum Ersten **B.B.** für das Korrekturlesen und die Gespräche, die mich beim Schreiben auf die ein oder andere Idee gebracht hat. Zum Zweiten **D.**, der die leidenschaftlichen, intimen Szenen, die in diesem Buch stattfinden, zum Teil mitgestaltet hat, um die Empfindungen und Gefühle (bei jedem anders!) zwischen zwei Männern den Leser*innen näher zu bringen. Durch ihn bin ich erst auf die Idee gekommen, dieses Buch zu schreiben. Sich in andere hineinversetzen zu können ist eine Gabe, die wie ich finde nicht verschwendet, sondern genutzt, und in der Gesellschaft gefördert werden sollte. Ich hoffe, dass diese Lektüre dabei hilft, ein Miteinander in der Gesellschaft zu finden und zu fördern!*

Danke liebe B.B., danke lieber D. für Eure emotionale Unterstützung, während ich dieses Buch geschrieben habe!

Die Rationalität und die Emotionalität gepaart in Spontanität. This will be the creativity!

Es war einmal...

So fangen doch alle Märchen an. Auch die postmodernen, oder nicht?!

1. Das Verschlossene mit dem »Gel«

»Ja bis Samstag. Ich freue mich!«, hatte Mario seiner Ex-Freundin Manuela geantwortet, welche ihm die Frage gestellt hatte, ob er zu der Geschäftsparty mitkommen würde. Mario und Manuela, wie das Wort »Ex« es schon andeutete, waren getrennt. Im privaten Bereich waren sie nur noch gute Freunde. Im öffentlichen waren sie jedoch stets noch ein Paar. Dies nicht ohne Grund: Mario hatte mit 35 gemerkt, dass er auf Männer steht. Vor Frauen hatte er auf einmal riesige Angst. Vor einem Frauenkörper und dessen Bedienung regelrechte Panik! Für Manuela kein Problem, da sie eine aufgeschlossene Persönlichkeit war, doch wie würden Freunde, Familienmitglieder auf diese Tatsache reagieren? »Was nicht sein soll, ist nicht«, pflegte seine Mutter Petra, eine liebenswürdige, schlanke, quirlige und Mitte 60-Jährige Frau, immer zu sagen. Er wollte sie nicht mit dem Gedanken konfrontieren, dass sie vermutlich nie Oma werden würde, obwohl dies deutlich aus früheren Gesprächen, welche sie mit ihrer zukünftigen Schwiegertochter (so dachte sie) hervorging.

Er beendete das Gespräch, steckte sein Handy in seine Jackentasche, stand von der Bank auf und setzte seinen Spaziergang im Schnee fort. »Ach, welch ein schöner Tag, die Sonne strahlt!«, waren seine Gedanken. Der Schnee unter seinen Schuhsohlen grätschte, und bei jedem Schritt, den er tat, schmolzen die kleinen Schneefocken ineinander, so dass immer wieder seine Schritte im Schnee zu sehen waren. So wie eine Spur auf einem Weg, der noch ungewiss war, wohin er führte. »Ich muss unbedingt Johannes anrufen, damit wir uns heute noch verabreden«, schoss es Mario wie ein Gedankenblitz durch den Kopf. Johannes war seine momentane Liebe, welche sich im Status »Affäre« oder »Freundschaft Plus« ansiedeln ließ. Alles sehr unverbindlich, alles auch sehr schnell. »Es soll bitte nicht in Komplikationen enden«, hatte Johannes einmal beim Hinausgehen aus Marios Wohnung, welche im schönen Paderborn lag, gesagt. Dies war wohl ein klares Statement: locker, leicht und bitte unverbindlich! Mario dachte viel an Johannes. Am meisten, wenn sie sich schon länger als zwei Wochen nicht gesehen oder nachdem der Abend besonders genussvoll für beide geendet hatte. Was Johannes wohl für ihn fühlte? Mario wusste es nicht und traute sich auch nicht, ihn auf dieses heikle Thema anzusprechen und nachzufragen. Dafür war er noch viel zu schüchtern.

»Bei einem Spaziergang kommen einem immer die besten Ideen!«, dachte sich Mario und sah auf die Wiese, die neben dem Weg lag. Im Schnee waren zwei Raben, die, wie es schien, miteinander spielten. Sie krächzten und flogen abwechselnd in die Höhe und zu Boden. Das erinnerte Mario ein wenig an die Situation mit Johannes: das eine Mal fühlte er sich wie beflügelt und das andere Mal fühlte er sich wie ein schwerer Stein, der zu Boden fiel und den keiner aufhob. Nur er war dazu in der Lage, sich immer wieder selbst aufzuhelfen. Er fühlte sich öfters allein und einsam, so als hätte er niemanden. Auch wusste er nicht einmal, ob er sich selbst mochte oder imstande war dies zu können. Er war mit seiner Angst und seinen Sorgen ziemlich alleine, auch wenn seine Ex-Freundin von seiner sexuellen Vorliebe für Männer Bescheid wusste, ihn deswegen niemals im Stich gelassen hätte. Ihm wurde bange bei dem Gedanken, dass andere davon Wind bekommen würden und er nackt vor der Gesellschaft stehen würde. Was würden seine Chefin oder seine Arbeitskollegen dazu sagen? Was die liebe, alte Nachbarin Roswitha, die es seines Wissens ausschließlich mit Männern zu tun gehabt hatte? Was seine Familie oder Freunde? Diese Gedankenspirale kam ihm besonders in den Momenten, in denen er alleine war und weder physisch noch psychisch jemanden in seiner Nähe verspürte. Er war so allein. Mit diesem Thema und auch mit diesen Gedanken.

»Noch zwei Tage bis zur Party. Dann werden Manuela und ich wieder so tun, als seien wir noch ein Paar, nur damit jeder froh und glücklich ist und ja nichts Übles denkt. Ja nicht in den Verdacht geraten, dann hat man seine Ruhe!«, dachte Mario und versuchte sich mit diesem Gedanken selbst zu beruhigen. »Dring, dring« - es war Samstag, und der Wecker klingelte Mario wach. Seine Augen kniff er kurz zusammen. Er war noch vom Vortag geschafft, an dem Johannes Mario einen kleinen Besuch abgestattet hatte, um ihn wieder in den Genuss seiner Lust zu führen. »Samenverlust« nannte sich dies auch noch. Mario hob seinen rechten Arm, tappte auf seinen Wecker rechts von ihm, der auf einer kleinen Kommode neben dem Bett stand. Dieser hörte daraufhin auf, sich zu melden. Mario rieb sich kurz die Augen, gähnte dabei und streckte beide Arme parallel in die Höhe. Er hätte am liebsten den ganzen Morgen im Bett gelegen, aber er wäre zu spät zur Party erschienen, und er wollte die Partygäste nicht zum Nachdenken anregen, wieso er und Manuela getrennt zur Party gekommen waren. Er hob sich aus dem Bett, und es knackste. »Blöde Alterserscheinungen. Man ist nun mal keine zwanzig mehr und steckt einen Nachmittag wie gestern einfach so weg«, dachte er und schmunzelte dabei. In seinen Gedanken erinnerte er sich an den recht kurzen Nachmittag und an seine sportliche Betätigung mit Johannes. Johannes, so fand Mario, war ein guter Küsser. Er wollte trotzdem seine Erfahrungen mit Frauen und Männer nicht abwägen, denn es wäre nicht fair gewesen, Äpfeln mit Birnen zu vergleichen.

»Alles hat so seinen Charme, auch wenn es einem nicht gefällt« hatte eine Lehrerin ihm einmal, während des Sexualunterrichtes, erzählt. Da musste er ungefähr 15 Jahre alt gewesen sein. In diesem Alter hatte er bereits seine erste Freundin und schon die ein oder andere Erfahrung mit Frauen gesammelt. Doch irgendetwas hatte ihn immer wieder bei dem Gedanken gestört, sie zu küssen. Er hatte es sich nicht erklären können, war es doch normal, dass Männer Frauen küssen. Oder etwa nicht? War etwas anderes für ihn vorgesehen? Wenn ja, was? Er wollte so natürlich wie möglich rüberkommen, und so nahm er das Küssen und alles was dazu gehörte in Kauf, damit er ein richtiger Kerl war. Keiner, den man durch die Waschmaschine mit Weichspüler durchgeweicht hatte, sondern einer, der hart war. Nicht verweiblicht, sondern männlich, wie ein Adonis eben. *Oder war Adonis auch...? Es könn-*

te ja sein, dass... Na ja egal zurück zum eigentlichen Thema, eben das von Mario! Seine damalige Freundin merkte ihm nichts an. Auch nicht, wenn er fixiert auf die Mittelpositur eines anderen Mannes schaute. Er konnte und kam ja. Äußerlich keine Auffälligkeit, innerlich brodelte es.

Er hatte öfters in seiner Jugend geträumt, wie es wohl wäre, mit einem Mann zu schlafen. Von Frauen keine Spur. Seiner Familie oder Freunden hatte er dies aus Scham und Angst, verstoßen zu werden, nie erzählt. Er musste mit seinen Gefühlen selbst klarkommen, was im Teenie-Alter gar nicht so einfach ist, wenn man bedenkt, wie Psyche und Körper in dieser Phase im Umbau sind. Er dachte ab und an, dass es eine Phase wäre, bis er mit 19 Jahren von einem anderen Typen auf einer Party gefragt wurde, ob sie raus eine Zigarette rauchen gehen würden, und dieser ihn ohne Vorwarnung geküsst hatte. Auch wenn er es super schön fand stieß er den anderen einfach weg. Der Typ hatte damals seine Lippen auf Marios Lippen so sehr gepresst, dass als »Anti-Abknutschfunktion« nur noch ein Teebaumöl Labello geholfen hätte, um den Typen vom Küssen abzubringen. Mario wollte nicht als Homosexueller abgestempelt werden, da er mit dieser Gattung in seiner Jugendzeit etwas Verbotenes, Abscheuliches von der Gesellschaft nichts toleriertes verband und auch verstand. »Du wirst dich noch dazu bekennen!«, hatte der Fremde ihm damals geantwortet und grinste ihn dabei frech an. Mario war zu dem Zeitpunkt geschockt, da er nicht wusste, wie er mit dieser Situation, dieser neuen Erfahrung umzugehen hatte. Auch dass sein kleiner Freund bei diesem Kuss schneller erregt war, als bei Frauenbrüsten. Er fand keine Erklärung hierfür außer, dass er auf Männer stand. Doch es war nicht »normal« auf Männer zu stehen, war seine damalige Ansicht. Die Frau-und-Mann-Kombination stand für Ordnung, das andere hätte Chaos in sein Leben gebracht und wie hätte er dies ordnen sollen? Wollte Mario das überhaupt ordnen? Konnte Mario in diesem Alter seine wahre Identität vor der Gesellschaft nackt zeigen? Würde er dann noch Teil von dieser sein? Natürlich konnte er das alles, denn was war schon dabei? Es war doch etwas ganz **NORMALES**!

Frisch aus dem Badezimmer herausgekommen, gewaschen und geputzt ging er in die Küche, trank ein Glas Wasser und schob sich eine Banane in den Mund. Es war viertel vor neun, und er musste um neun Uhr beim Friseur sitzen, damit dieser ihm noch die Haare schnitt, bevor es auf die Party ging. Er schmiss die Bananenschale in den Mülleimer und ging Richtung Haustür, welcher er unabsichtlich so laut zuknallte, dass seine Nachbarin Roswitha das Fenster gegenüber aufriss und in einem energischen Ton mitteilte: »Guten Tag Mario. Du und dein

Freund waren gestern ziemlich laut. Ihr hattet wohl Spaß, was?«. Mario erstarrte kurz und antwortete mit unsicherer Stimme: »Hallo Roswitha, du tut mir leid. Kommt nicht mehr vor.« Roswitha hatte Mario so überfallen, dass er total vergessen hatte, dass er gerade den Beischlaf mit einem anderen Mann und somit seine Homosexualität bestätigt hatte. »Ach keine Sorge, ich war auch mal jung. Mach dir da mal keinen Kopf. Hauptsache es war schön und du fühlst dich gut. Ich liebe auch Männer, ich verstehe dich da einwandfrei«, lächelte Roswitha freundlich, und Mario stotterte den Satz heraus: »Können Sie… können sie bitte… können Sie das bitte für sich behalten? Es ist mir etwas peinlich.« und wurde rot im Gesicht. Roswitha wurde ernst: »Ach Mario, muss man sich heutzutage noch dafür schämen? Zu meiner Zeit ja da war das noch nicht so populär, aber heute? Was wichtig ist, ist, dass Du zu Dir stehst. Und dann kann keiner Dir was anhaben. Das ist sehr wichtig im Leben. Sich und seine Sexualität anzunehmen. Die Natur hat dich so geschaffen und dies solltest du annehmen. Denk bitte daran!« »Ich versuche es, aber ich denke ich brauche noch etwas Zeit. Ich muss los. Ich wünsche Ihnen einen schönen Tag!«, schoss es Mario raus, und Roswitha gab nur ein: »Ja danke, Dir auch!«, wieder, da war Mario schon auf dem Bürgersteig. Ihm war dieses kurze Gespräch so peinlich gewesen, dass er schnell wegwollte. Er wollte aus der Situation fliehen, sich befreien. Mario hatte sogar in der Aufregung vergessen, dass Roswitha und er sich schon seit einem halben Jahr duzten. Ganz durcheinander machte er sich auf den Weg zum Friseurladen, welcher nur fünf Minuten von ihm entfernt war.

Dieser gehörte einem gewissen Boris, der so weit Mario wusste, auf Männer stand. Boris war heute alleine im Laden und begrüßte Mario, als er zur Eingangstür hineingekommen war: »Hallo Mario, wie geht es Dir denn, Schatz?« »Schatz?!«, so hatte Boris Mario noch nie genannt. »Eh, euhm, ehm… gut und Dir, Boris?«, antwortete Mario sichtlich erstaunt und hob seine Stirn zeitgleich nach oben. Bei Boris hatte er das »Du« nicht vergessen. »Ja auch, was soll es denn heute sein?«, fragte Boris und tippte konzentriert auf der Tastatur seines Laptops herum. »Eh, eh«, kam Mario nur heraus. Boris blickte ihn an, und Mario fand seine Wörter wieder: »Ich würde gerne einen neuen Haarschnitt ausprobieren.« »Gerne. Mit oder ohne Gel später?«, fragte Boris ruhig. Mario verstand die Frage nicht und hakte vorsichtig nach: »Wie, Gel?«. Er hatte bei dem Wort »Gel« an etwas komplett anderes gedacht, als Boris ihm nun erklärte: »Na soll es ein Haarschnitt sein, bei dem man später Gel benutzt, um die Frisur aufzupeppen.«

»Achso! Ja natürlich«, schoss es Mario heraus und er hatte einen *Aha-Moment* erlebt. Boris blieb trocken und sachlich. Mario sitzend im Friseursessel und Boris an seinen Haaren schneidend, kamen beide im Gespräch auf die LGBT-Bewegung zu sprechen, da es diese in letzter Zeit geschafft hatte, sich in der Presse Gehör zu verschaffen. Boris offenbarte Mario, dass er homosexuell war und fragte ihn, wie er dazu stehen würde. Dieser, kurz irritiert, da er nicht wusste, ob Boris etwas an ihm bemerkt hatte, was heute anders sein sollte als sonst, entgegnete ihm, dass er fände, dass jeder so leben sollte, wie er es für richtig hielt. »Wie geht es eigentlich Deiner Freundin Manuela? Schon lange nichts mehr von ihr gehört«, fragte Boris interessiert. »Puh. Er hat nichts bemerkt! Stimmt, Manuela hatte ich ganz vergessen zu erwähnen«, dachte sich Mario, der immer von Manuela erzählte, quasi als Alibi, um nicht zu sehr aufzufallen, so wie Boris' »Beule«, die er ab und an im Spiegel sah. »Ich dachte schon, Du hättest einen Richtungswechsel betrieben«, sagte Boris und schnitt Mario etwas Haar weg. »Was meinst du mit Richtungswechsel?« fragte Mario unsicher.

»Na die Freundin gewechselt, was denn sonst? Oder stehst Du auf Männer jetzt?«, fragte Boris interessiert. »Eh Nein?! Alles gut ich habe Manuela noch«, platzte es aus Mario heraus, obwohl er sich etwas schämte, dass er Manuela als Alibi benutzte, um nicht aufzufallen. »Das freut mich«, sagte Boris in einem trockenen Ton. Hatte er etwa bemerkt, dass Mario ihm auf seine »goldene Mitte« geschaut hatte? Oder war Mario heute anders drauf als sonst? Hatte er andere Verhaltenszüge und Gesichtszüge als üblich?

»Ja, mich auch. Ich mag den Wechsel nicht so, der bringt nur Durcheinander«, fügte Mario hinzu. »Was du nicht sagst! Bei mir ist auch alles beim Gleichen geblieben. Fester Partner seit zehn Jahren und bald glücklich verheiratet. Was will man mehr?« »Eben«, und der Haarschnitt war fertig. Kurz im Spiegel betrachtet, bezahlte Mario, verabschiedete sich von Boris und ging in Windeseile zur Tür hinaus. »Nanu was der wohl hat? Die Heteros spinnen heute wohl«, dachte sich Boris, der in der Früh vor Mario eine Kundin gehabt hatte, die bei der Frage, ob sie noch verheiratet sei, in Tränen ausgebrochen war. Sie hatte Boris daraufhin gestanden, dass ihr Mann vor einer Woche die eheliche Kündigung bei seinem Anwalt eingereicht hatte, und dass es wohl so aussah, als würden sie in naher Zukunft geschiedene Leute sein. Boris und dieser Friseurladen glichen einem Pfarrer mit seiner Kirche: Man konnte ihnen einfach alles anvertrauen!

Gegen elf Uhr dann rief Manuela an, und ihre Stimme glich einem Maschinengewehr: »Mario, wo steckst Du? Wir sollen um zwölf Uhr auf der Party sein. Sei bitte pünktlich bei mir, um mich abzuholen. Du weißt doch, meine Beförderung…ja?«.

Mario, der in seinem Wohnzimmer stand, schaute blitzschnell auf seine Wanduhr: »Oh Scheibenkleister! Ich habe die Zeit komplett vergessen. Mach Dir keine Sorgen, mein Schatz. Ich bin pünktlich bei Dir. Bis gleich.« »Mario, alles in Ordnung mit Dir? Das letzte Mal, dass Du mich »Schatz« genannt hast, war vor drei Jahren, als ich gemerkt hatte, dass Frauen Dir nicht so gefallen und eine Trennung besser wäre. Ich bin erstaunt«, fragte Manuela in einer erstaunten Stimmlage. »Oh sorry, kommt nicht mehr vor. Ich bin heute… ja ich bin… ja ich bin heute etwas durcheinander«, antwortete Mario in einer stotterigen Eile. »Alles gut, ist nichts passiert. Habe mich nur gewundert, meine Meerjungfrau. Bis gleich, hab Dich lieb!« »Ja, bis gleich«, verabschiedeten sich beide. Manuela nannte Mario immer ihre Meerjungfrau, seit sie wusste, dass er auf Männer stand. Ein Fabelwesen war er wohl noch in dieser Welt, die nicht immer damit einverstanden war, für welche sexuelle Orientierung sich ein Mensch entschied. Mario verschwand in den Flur, nahm schnell seine Jacke und seinen Schaal vom Wandhaken, zog beides an und ging zur Haustür hinaus. Das morgige Gespräch hatte ihm im wahrsten Sinne des Wortes den Kopf verdreht. »Bloß schnell hin zu Manuela. Sie ist bestimmt nervös, wegen der Beförderung. Sie steht immer zu dir jetzt musst du ihr auch helfen. Konzentrier dich, Junge!«, ging es ihm von der Haustür aus bis zum Auto durch den Kopf. Er setzte sich ins Auto, drehte den Schlüssel um und fuhr los.

Den oder die richtige PartnerIn zu finden, ist manchmal wie zu versuchen, eine Auster zu durchbrechen: entweder sie öffnet sich und es fällt eine Perle heraus, oder sie bleibt für immer verschlossen und somit bleibt die Perle einem für immer verborgen. Liebe, so könnte man sagen, ist eben nicht käuflich, sondern kann nur erworben werden.

2. Die Party hat immer einen speziellen Gast…

Gegen elf Uhr dreißig kam er bei Manuela an, die schon sehnsüchtig vor ihrer Haustür auf Mario zu warten schien. Sie riss die rechte Autotür auf und schlug sie fest zu, so dass es kurz knallte und das Auto zu vibrieren schien. »Na endlich. Da bist Du ja! Ich habe Dich schon sehnsüchtig erwartet. Meine Beförderung! Oh ich hoffe ich schaffe das!«, sagte Manuela halb ironisch, halb ernst. »Natürlich schaffst Du das, Du hast schon so vieles erreicht im Leben. Stress dich nicht!«, meinte Mario und lächelte dabei. Sein Gesichtsausdruck glich in dem Moment wie dem eines Teddybären. »Oh dieser Satz mit: Stress dich nicht. Wenn ich nicht wüsste, dass Du homosexuell wärst und es anders meinst, würde ich dir den Kopf waschen, mein Lieber! Sei froh, dass Du es nicht mehr mit einer ambitionierten Karrierefrau zu tun hast«, schmunzelte Manuela. »Nee, wäre mir auch ehrlich gesagt zu stressig. Aber es ist heutzutage für Frauen immer noch nicht so einfach. Ich fahr‘ jetzt mal los, Frau Karrierefrau«. Mario hatte mit dem Fahren gewartet, bis Manuela angeschnallt war. Sehr kultiviert eben!

Vor der Villa von Manuelas Chef angekommen parkte Mario das Auto auf dem schön angelegten Parkplatz, der halb grün, halb grau aussah und beide stiegen aus. Alles geschlossen gingen sie Richtung Eingang. Manuela stoppte kurz, richtete sich gerade, holte tief Luft und sagte: »Nichts wie rein! Auf in den Kampf!«, und schaute Mario daraufhin an. Dieser sagte: »Genau! Ich bin dabei!«, und beide grinsten sich an. Angekommen in der Villa kam ihnen eine Servicekraft entgegengeschossen: »Guten Tag, wie ist ihr Name?«. Manuela nannte beide Namen, und die nette Servicekraft hakte beide auf der Liste ab. »Folgen sie mir bitte. Hier entlang«, sagte die Dame, welche ihre Hand hob und eine Armbewegung nach rechts tat. Sie kamen in den großen Speisesaal. Zahlreiche Gäste waren schon eingetroffen. Einige kannte Manuela, einige waren wohl gute Bekannte oder Kunden des Chefs. Sie arbeitete in einer Agentur und da war es wichtig zu glänzen. Sowohl vor den Kunden als auch vor den Mitarbeitern. Auf keinen Fall wollte sie ihre Karriere gefährden. Ihr Chef bemerkte die Neuankömmlinge und wandte sich ihnen zu: »Guten Tag Manuela und…«. »Mario«, fügte Mario hinzu. »Stimmt, Mario heißt dein Freund. Ich hoffe, ihr habt gut hergefunden?«, fragte Manuelas Chef mit einer teils unsicheren Stimme, da er sich nicht ganz so frei fühlte. Manuela hatte vor etwa einem Monat eine Kurzzeit-Affäre mit ihrem Chef gehabt und kurz danach wieder beendet, da sie aufzufliegen drohte. Sie wollte ihre Karriere nicht aufs Spiel setzen. Kurz, knackig und bündig war dieses Unternehmen gewesen. Der Chef verkniff es sich trotzdem nicht, seiner jungen hübschen Mitarbeiterin, er war 55 Jahre alt und sie um einiges jünger, einen Kuss auf die rechte und einen auf die linke Wange zu geben. Mario gab er stolz die Hand. Seine Unsicherheit wurde besser, da er merkte, dass Mario ihm nichts tun würde.

Mario wusste zwar von der Affäre durch ein Telefonat, das er einmal mit Manuela geführt hatte, doch er spielte in dem Moment den Hasen, der von nichts wusste. Sie hatte ihm geschildert, dass sie nicht wüsste, wie es passiert sei, da kein Alkohol in dem Moment in dem sie sich nähergekommen waren, geflossen sei. Und sie erklärte auch, dass es gut sei, dass jetzt alles ein Ende habe, auch wegen der Karriere. »Alkohol muss nicht immer der Auslöser sein«, meinte Mario daraufhin.

»Ja alles bestes. Wir danken für die Einladung«, strahlte Manuela ihren Chef an und sagte dies alles in einem sehr souveränen Ton. »Das freut mich zu hören. Ich muss Euch leider etwas allein lassen«, sagte der Chef, schaute kurz rechts und links von sich, beugte sich hinab zu Manuela, die etwas kleiner war als er und flüsterte ihr zu: »Du weißt, die Arbeit ruft«, und zwinkerte ihr zu. »Wir kommen klar denke ich. Machen Sie sich keine Sorgen«, antwortete Manuela in einem höflichen Ton. Es war ihr ganz recht, dass der Chef auf Abstand ging. Mario bemerkte Manuelas Gefühlszustand und fragte leise zu ihr zugewandt: „Na da herrscht ja noch auf beiden Seiten Gesprächsbedarf, oder irre ich mich da?«. »Ach quatsch. Ich bin in Ordnung. Mach Dir um mich keine Sorgen. Ich komme klar«, sagte Manuela in einem genervten Ton. Sie war doch etwas sensibel.

Phillip, ein Arbeitskollege Manuelas, blieb die Ankunft der beiden nicht unbemerkt. Er schlich sich zu ihnen und fragte mit einem Gesichtsausdruck, als hätte er einen Clown gefrühstückt: »Ja hallo, wen haben wir da? Manuela und Mario. Schön, dass Ihr den Weg hierher gefunden habt. Ich dachte, Du würdest alleine kommen, Manuela?« »Hallo Phillip. Wie Du siehst, bin ich es aber nicht. Ich freue mich auch, Dich zu sehen«, antwortete Manuela sarkastisch zurück. Phillip war nicht gerade der gebildetste Mensch auf Erden, und sein Benehmen konnte Manuela manchmal ziemlich auf die Palme bringen. Er war dieser typische Klatsch-und-Tratsch- Mitarbeiter, dem es an Selbstreflexion definitiv mangelte. Hauptsache, er konnte sein Ego unter Beweis stellen. Den Grund für sein Erscheinen bei Mario und Manuela konnte man sich schon ausdenken. Keine Negativschlagzeile konnte vor ihm Halt machen, wurde hin und her geredet, bis sie sicher im »Empfängerkorb« der Sekretärinnen Brigitte oder Paula landete. Beide kannten so etwas wie eine Schweigepflicht nicht, um Schlimmeres zu vermeiden, und so war es nicht unüblich, dass aus einem Geheimnis eine Staatsaffäre wurde. So war wenigstens für Gesprächsstoff in der Abteilung gesorgt, wenn auch die Mitteilungen nicht immer ganz der Wahrheit entsprachen, so wie es eben bei Fake News häufiger der Fall ist.

Manuela war über Phillips Kommen nicht sonderlich erfreut, und ihr Gesichtsausdruck glich dem einer Zitrone. Sicherlich würde es nicht lange dauern, bis er über jemanden herziehen würde, darüber war sich Manuela absolut sicher. Sie lag richtig mit ihrer Intuition, da Phillip im nächsten Moment anfing zu sagen: »Sag mal der Neue… Mark, den kennst Du ja?« »Kennen ist zu viel gesagt, aber ich weiß, wer es ist. Was ist mit ihm?«, fragte Manuela und ihr schoss durch den Kopf: »Besser gesagt, was hast Du eigentlich für Probleme im Leben?«. Phillip holte aus und hampelte etwas dabei: »Na… ah wie soll ich sagen… ich will keinem was andichten was nicht ist. Das weißt du ja, aber…«. Das roch mal wieder nach einer à la Phillip-Läster-Aktion über einen netten Kollegen! »Na sag schon? Was ist mit Mark?«, fragte Manuela in einem strengen Ton. Sie wartete nur darauf, Phillip die Meinung über sein Verhalten gegenüber anderen Kollegen im Büro zu äußeren. Sie schaute kurz genervt nach oben und hatte ihre Hände hinter dem Rücken, so wie eine

Lehrerin, die von ihrem Schüler eine Erklärung einforderte.

Phillip hatte schon sehnsüchtig erwartet, ihr seine Beobachtung zu schildern und fuhr los: »Also dieser Mark ignoriert die liebe Brigitte komplett, und diese versucht ihm mit ihren schönen Augen immer wieder den Kopf zu verdrehen. Aber Du Manuela, da kommt von seiner Seite nichts, rein gar nichts… Und ich denke. Ach wenn Brigitte doch nur wüsste…«. Manuela unterbrach ihn kurzerhand: »Und du denkst, dass er auf Männer steht?«. Phillips Mund öffnete sich urplötzlich. Konnte Manuela seine Gedanken lesen? Das konnte doch keiner? Oder doch? Manuela grinste spöttisch. Mario verfolgte das Gespräch zwischen beiden als aufmerksamen Zuhörer. Er fragte mit erstauntem Gesichtsausdruck: »Eh ja… woher weißt Du das? Du kannst doch nicht in meinen Kopf hineinsehen.« »Weibliche Intention, mein Lieber. Du weißt - die feinen Antennen«, sagte Manuela mit einer Bewegung als würde sie zaubern wollen.

Sie dachte sich in dem Moment auch: »Dir will keiner in den Kopf schauen. Keine Frau der Welt würde dies freiwillig tun wollen«, und biss sich dabei auf die Lippen. »Ja, ich will wie gesagt keinem etwas andichten, aber die Indizien sprechen schon dafür, dass etwas nicht stimmt…«. Phillip machte eine kurze Sprechpause, da er wohl noch überlegte, wie er den Satz beendigen sollte. Manuela kam ihm dazwischen: »Ein Verbrechen? Bist Du etwa einem Verbrechen auf der Spur?«. »Ehm…also…«, stockte es aus Phillip hinaus. Manuelas Fragen und Antworten ließen ihn aus seiner schleimigen Spur geraten. »Seine Sexualität ein Problem?«, fragte Manuela in einem scharfen Ton. Sie ahnte schon etwas, da sie sich mit einer Kollegin einen Tag zuvor über den neusten Klatsch unterhalten hatte.

Phillip meinte in einer teils unsicheren und nicht authentischen Stimmlage: »Ja eh nein ja, also. Ach die schöne Brigitte macht ihm so schöne Augen, und er springt nicht darauf an. Ich will sie doch nur vor einer großen Enttäuschung bewahren! Neulich habe ich ihn mit Anton im Flur im Gespräch erwischt und gehört, dass er ihn gefragt hat, wo es eine LGBT-Bar geben würde. Also für mich ist das ganz klar! Mark ist zu hundert Prozent schwul, sonst würde er nicht fragen, wo es eine solche Bar geben würde, und zwischen ihm und Anton läuft was, definitiv! Anders kann es nicht sein!«. »So klar, dass es schon komisch wirkt? Vielleicht ist der Mark auch einfach ein offener Mensch und fragt deswegen Anton, der sicherlich nicht verschlossen ist. Die beiden Männer arbeiten an einem gemeinsamen Projekt zusammen und soweit ich weiß, kann es durchaus vorkommen, dass man sich über das ein oder andere private Thema unterhält? Was würdest Du denn sagen, wenn dem so wäre?«, fragte Manuela gespannt. Mario reagierte mit genervtem Blick - eher über Phillips Aussagen, als über Manuelas, was Phillip aber nicht weiter störte.

»Ja eben Du sagst es, private Themen. So privat, dass sie den »normalen« Rahmen sprengen. Ich habe ja nichts dagegen, aber es ist schon komisch. Ein komisches Gefühl eben, wenn man phantasiert, wie ein Mann einen anderen küsst. Ich finde immer noch, dass Frau und Mann am besten passen. In der römisch-katholischen Kirche war es nicht ohne Grund verboten, eine Sünde eben! Solche Männer sollten in die Hölle kommen, denn das was sie tun ist gegen die Natur und eklig. Bärrg, allein der Gedanke, dass ein Mann einen anderen abknutscht. Einfach widerlich. Männer sollten Frauen küssen und andersrum, so wie die Natur es vorgesehen hat!«, sagte der erzkonservative Phillip in einem besorgten, ein wenig aggressiven Ton, und Manuela stoppte ihn prompt: »Anton ist zweifacher Familienvater, außerdem heterosexuell. Deine Phantasien sind ein Konstrukt, mehr nicht. Punkt. Hast Du einen Beweis für Deine Anschuldigungen? Wäre es schlimm, wenn dem so wäre? Es wäre auf jeden Fall nicht Dein Bier, sondern ihre private Sache! Du könntest mit deinen Vermutungen eine Familie kaputt machen. Außerdem finde ich Deine Aussage »dass homosexuelle Männer eklig sind und in die Hölle kommen sollen« total daneben! Für diesen Satz müsstest Du als Strafe erfahren, dass Dich eine Frau nie mehr freiwillig küsst! Du bist echt das Letzte. Schäm dich!«. Manuela war wütend, doch blieb beherrscht.

Sie fragte, dabei Phillip böse in die Augen schauend, freundlich in die Dreierrunde: »Was sagst eigentlich Du dazu, Mario? Findest Du nicht?«, und wendete sich Mario zu, wohlwissend, dass ihn das Thema nervte. Sie kannte Mario nur zu gut. Er wusste auch, dass Phillip in Brigitte verschossen war, da es ein offenes Geheimnis war, was Manuela ihm einmal erzählt hatte. Ihm hatte das ganze Gespräch zwischen Manuela und Phillip einen Klos im Hals bereitet. Er war wütend auf Phillips Äußerungen. Er konnte nicht verstehen, wie ein angeblich aufgeklärter Mensch, der in einer demokratischen Gesellschaft lebte, so einen Unfug gepaart mit einem Irrglauben von sich geben konnte. »Diese Verschwörungstheorien!«, dachte Mario, ehe er antwortete: »Bei den Hexenverfolgungen der frühen Neuzeit war es auch nicht anders. Eine frei erfundene Theorie ohne Beweis! *Sexuelle Ausschweifungen dieser Art* ohne heterosexuellen Gedanken waren verboten, da unnatürlich und gegen die Fortpflanzung. Heute wohl immer noch ein Problem. Es wäre doch nicht Dein Problem, oder? Gebe da Manuela absolut Recht. Bist Du eifersüchtig, weil die schöne

Brigitte unwissend einen angeblichen Homosexuellen anhimmelt, der von ihr nichts wissen möchte? Möchtest Du ihren Retter spielen? Welche Hegemonie oder auch Häresie. Phillip ich denke Du musst noch viel über diese Welt lernen. Ich wünsche es dir auf alle Fälle!«.

Mario hatte Phillip sprachlos gemacht, was daran auszumachen war, dass er sich beleidigt zurückzog und das Gespräch anderswo suchte. Mario fühlte sich gut, dass er diesem Idioten die Meinung gegeigt hatte und offensichtlich mit seinen geäußerten Worten Phillip so in die Schranken verwiesen hatte, so dass dieser keine Lust mehr hatte mit Manuela und Mario ein Wort zu wechseln und sich deswegen eingeschnappt anderen Gästen zu wand, was beiden entgegenkam. »Nanu was hat er denn? Puh dem hast Du es gezeigt! Ich bin stolz auf Dich! Weiter so!«, sagte Manuela mit einem positiven Gesichtsausdruck. »Eine kleine Homophobie, schätze ich mal. Ja, also wenn der wüsste«, flüsterte Mario ihr mit einer ironischen Stimme ins Ohr, und beide grinsten sich an. »Weiß er aber nicht. Alles unter Verschluss bis zum Schluss. Das habe ich Dir versprochen. Wann und wo, das entscheidest du!«, grinste Manuela ihn an und umarmte ihn dabei, was ihr Chef erblickte, während er mit einem Kunden sprach.

Er warf einen erstaunten Blick über seine Schulter, welcher Manuela auffing. Sie grinste provokativ. Mario hatte ihn im Rücken so bekam er von der ganzen Aktion nichts mit. »Oh Manuela, ich liebe Dich dafür!«, sagte Mario erleichtert und gab ihr einen Wangenkuss, welcher an ihrem Chef ebenfalls nicht spurlos vorbei-ging. Dieser schaute nun angesäuert und konzentrierte sich wieder auf sein Kundengespräch. Manuela ließ Mario los, der eine Servicekraft kommen sah, zwei Champagner Gläser vom Tablett nahm und eines davon Manuela reichte. Mario hob das Glas: »Prost meine Liebe!«. Manuela grinste freundlich: »Prost meine Meerjungfrau!«, und beide Gläser klirrten aneinander. »Die Entkriminalisierung schreitet weiter voran!«, meinte Mario entspannt. »Ich bin dabei!«, sagte Manuela und nahm einen Schluck des köstlichen Champagner. In einem leisen Ton sagte Mario nachdenklich: »Aber nur, weil Du ein aufgeklärter Mensch bist. Sonst würdest Du mich auch nicht in dein Leben lassen.« »Vermutlich. Ich lasse dich auf alle Fälle nicht im Stich. Du bist ein Mensch wie jeder andere auch«, antwortete Manuela, aber so, dass niemand anderes außer Mario es mitbekam. Sonst wäre er geoutet gewesen…

3. Die blumigen Anteilnahmen und die Ankreuzfrage

»Wieso schaut er so blöd? Er ist doch derjenige der seine Frau nicht verlassen wollte. Ich habe nur die Konsequenzen gezogen, und jetzt kriegt er es scheinbar nicht hin, seine Augen von mir zu lassen. Manchmal seid Ihr Männer blöd. Zumindest die heterosexuellen!«, beschwerte sich Manuela bei Mario und blickte zu ihrem Chef böse hinüber, der die beiden noch beobachtete und eine eifersüchtige Miene zog. »Lass ihn doch schauen, bleib cool. Denk an Deine Beförderung! Lieber einen Schlussstrich ziehen und nicht Deine Beförderung gefährden, als dass Du weiter *Julia und Romeo* mit ihm spielst und er Dich nicht befördern kann, da jemand die Affäre von Euch beiden rausgefunden hat, und er vor der Belegschaft nicht ohne Unterhose dastehen will! Du kennst doch das Klischee: Sie hatte was mit dem Chef und deswegen wurde sie befördert, und nicht wegen ihrer Kompetenz. Vermutlich gilt das gleiche für Homosexuelle? Du hast doch keine romantischen Gefühle mehr für ihn, also müsste es kein Problem sein, ihn zu ignorieren. Oder spüre ich da eine romantische Anziehungskraft, die ihr immer noch miteinander pflegt?«, grinste Mario. Manuela wollte Marios Sätze mit einem »Nein« verleugnen, doch sie seufzte nur. »Wäre da nicht seine Frau...«, meinte Manuela bedrückt. »Dann wäre… dann hättest Du noch was mit ihm?«, fragte Mario grinsend, wohlwissend dass er Manuela damit super auf die Nerven ging.

Sein Grinsen hatte einige Male, wo sie noch ein in Anführungsstrichen Liebespaar waren, für Streit in der Beziehung gesorgt, da sie sich angegriffen fühlte. Sie vertrug es schlicht nicht. Wieso wusste sie selbst nicht. »Ich denke schon. Oh Mario, Gefühle sind super schwierig, zumal als rational denkender Mensch. Du kennst das doch auch? Aus sich heraus gehen ist schwierig, sich beherrschen schwierig, sich adäquat ausdrücken schwierig… alles nur wenn man eher denkt, als seinen Gefühlen freien Lauf zu lassen«, philosophierte Manuela. »Ach Manuela, welche Poesie!«. Es war offensichtlich, dass Mario sich etwas lustig über Manuelas Situation zu machen schien. Manuela nahm es ihm aber nicht krumm, sah ihn an und lachte kurz auf: »Ja Du hast ja recht Mario, die Realität macht es, nicht nur der Traum. Ach komm holen wir uns ein Canapé. Sonst verhungern wir hier noch, weil die ganzen Raubtiere hier nichts übriggelassen haben.« »Endlich! Du hast es verstanden: Liebe geht durch den Magen!«, sagte Mario und deutete mit seiner Hand nach vorn, um zu zeigen, dass der Chef auch schon bei den Canapés stand. Manuela schaute ihren Chef an und ging sehr zögernd zum Buffet. Mario folgte ihr.

Dort angekommen schaute ihr Chef beide an und fragte freundlich: »Auch ein Canapé gefällig?«. »Gerne, wir bedienen uns gerne selbst«, antwortete Manuela in einem scharfen Ton. Ihr Chef vernahm ihre Stimmung und meinte: »Dann störe ich nicht länger. Übrigens, Manuela, wollte ich Dir noch sagen…« »Ja, was?«. Manuela hatte einen Moment nicht den Unterschied zwischen ihrem Chef und ihrem Liebhaber machen können. »…würde ich Dir gerne einen anderen Posten anbieten. Du bist aktuell meine Assistentin. Ich würde Dir gerne Firmenanteile anbieten und eine höhere Position. Wärst Du daran interessiert? Sonst frage ich Phillip«, scherzte er. »Oh, natürlich! Damit habe ich gar nicht gerechnet…«, antwortete Manuela überrascht. Sie hatte wohl schon vorher gewusst, dass eine Beförderung im Raum stand. Nur wusste sie nicht, dass es sich auch um eine Teilhabe an der Firma handelte. Soviel hatte Phillip wohl nicht herausgefunden und ausplaudern konnten.

Phillips Informationsquelle Brigitte wusste halt nicht alles oder war immer auf dem neusten Stand. Sie war eben kein Roboter. »Am Montag besprechen wir alles, inklusive Vertrag. Ich freue mich!«, grinste ihr Chef sie an und gab Manuela, die noch sehr überrascht zu sein schien, die Hand und ging weg. »Na, da freut sich ja eine! Gleich die Teilhabe an der Firma? Sieht wohl so aus, als sähe er dich nicht nur als »Gespielin« an. Der steht nach wie vor auf Dich. Glaub es mir! Wenn er mit Dir was hat, ist die Frau vergessen. Dann weiß er nicht, dass er verheiratet ist und eine Frau hat«, sagte Mario Manuela in einem positiven Ton. »Ja vermutlich hast du recht. Aber gleich eine Teilhabe an den Firmenanteilen? Da muss die Frau doch skeptisch werden? Ich will echt keine Probleme später bekommen oder rückfällig werden und einer Affäre doch zustimmen. Glaubst Du er will mich mit diesem Posten ködern, so dass ich mich doch für die Liebe und Lust entscheide und nicht für das vernünftig Rationale? Männer sind manchmal sehr raffiniert, was das angeht«, philosophierte Manuela wieder einmal und Mario sagte nur: »Das wirst Du früh genug herausfinden. Vielleicht ist es nur nett gemeint und quasi eine Entschuldigung für die sagen wir - mal Strapazen, oder er will Dich ködern und mit dir Spaß haben. Einiges liegt ja auch an Dir. Die Zukunft wird es zeigen« »Ach Mario, Du hast recht! Komm, nehmen wir einige Canapés, dafür sind wir hergekommen«, sprach Manuela und reichte Mario auf einer Serviette zwei Fisch-Canapés. »Das stimmt! Wir sind nur wegen des Essens gekommen«, lachte Mario auf und zwar etwas zu laut, so dass einige Gäste sich zu ihnen umgedreht hatten. Manuela schaute Mario böse an, und er entschuldigte sich bei den Gästen für sein Fauxpas. Manuela nahm sich auch zwei Canapés von der Servierplatte, die auf dem Tisch stand, und erblickte auf der anderen Seite eine Frau: die des Chefs! Es schien, als würde sie nichts von der Affäre zwischen Manuela und ihrem Mann wissen. Wie sollte sie auch? Sie war ja nie da.

Sie grüßte Manuela freundlich und kam auf beide zu, sodass sich in Manuelas Kopf ein: »oh nein!«, breit machte. Sie fühlte sich wie erstarrt und nervös zugleich. Die Frau des Chefs, Elise, war eine schlanke, Mittfünfzigerin, die etwas kleiner war als Manuela. Eine attraktive Frau, die mit ihren hervorstechenden grünen Augen bei einigen Männern sicherlich punkten konnte. Ihr rotes Rosencollier an ihrem Hals mit den gleichfarbigen Ohrringen passten zu ihrem tiefroten Kleid. Nicht zu übersehen eben. Ihre gefärbten dunkelroten Haare und ihr eleganter Gang rundeten das Bild einer Frau mit Stil ab. Sie war um einiges älter als Manuela und somit erfahrener als Frau, um einen Mann an sich zu binden, was nur ein Vorteil sein konnte, damit ein Mann auch bei seiner Frau blieb, denn Männer machten es sich in der Regel sehr einfach und wählten üblicherweise den Weg des geringsten Widerstandes, sprich da wo es gemütlicher für sie war. Bitte keine Komplexitäten im Leben! Besonders menschliche Komplexitäten im Leben bedeuteten für Männer, insbesondere Alpha-Männern, eine Reizüberflutung, die schwer zu stoppen und nicht mehr übersichtlich genug war. »Hallo Manuela, wie geht es Dir? Ich wollte Dir noch zur Firmenteilhabe gratulieren. Ich hoffe, dass es Dir recht ist? Ich hoffe, dass Dir das genügt und Du nicht mehr möchtest? Das Geld sollte Dir reichen, hoffe ich zumindest. Sonst musst du Dir eine andere Arbeitsstelle suchen. Ich hoffe Du verstehst«, fragte Elise und lächelte dabei hämisch. Dies war ein Schachmatt!

Manuela hatte Elises Worte deutlich gehört und verstanden. Manuela wusste, was für sie auf dem Spiel stand, und antwortete leicht bedrückt: »Ja Elise ich weiß das! Keine Sorge, ich weiß Eure Großzügigkeit zu schätzen, und ich werde mich distanziert verhalten« »Genau, distanziert, dann hast Du nichts zu befürchten! Habt noch viel Spaß auf der Party, ich muss weitere Gäste begrüßen«, sagte Elise in einem giftigen Ton, der sich fast wie eine Drohung sich anhörte. »Oh ha!«, dachte Mario und schaute dabei Manuela an, die mit offenem Mund dastand. Dieses Gespräch hatte sie eiskalt erwischt!

Mario zog Manuela von der Tischplatte weg in eine ruhige Ecke, wo er sich ruhig mit ihr unterhalten konnte: »Also wenn Du mich fragst, ist die Dame sehr gut informiert, was bei Euch in der Firma abgeht. Insbesondere mit ihrem Mann. Kämpfen oder Aufgeben ist hier die Frage. Ich würde kämpfen! So wie er Dich heute angeschaut hat und auch mich. Bei dem laufen die Gefühle für Dich noch auf

Hochtouren. Elise ist zwar ein flotter Feger, um es salopp zu sagen, aber das muss nicht heißen, dass er sie noch liebt. Hat er mal bei euren Abenteuern erzählt, wie er zu ihr steht oder wie es betttechnisch bei denen aussieht?« »Mario!«, antwortete Manuela nicht gerade amüsiert. »Was? Ist doch nichts bei?«, meinte Mario und hob die Arme in die Luft.

In diesem Moment riss sein Hemd auf einer Seite unter dem Sakko, was beide bemerkten. Sie lachten kurz leise auf, ehe Manuela sagte: »Nein es ist keine blöde Frage. Ernst meinte einmal, dass seine Frau nicht mehr so viel Lust hätte. Ich denke, der Wechseljahre wegen. Ich hatte schon ein schlechtes Gewissen vor ihr, als Ernst sie mit mir betrogen hat, das kannst Du mir glauben! Er hat mir auch gesagt, dass er nicht mehr so wirklich interessiert ist an ihr, sie nicht mehr liebt. Sie haben sich die letzten Jahre voneinander entfremdet. Sie sind nur noch wegen der gemeinsamen Kinder und wegen der Firma, die sie zusammen aufgebaut haben, zusammen. Sie war damals eine große Stütze für ihn. Ich will wirklich nichts kaputt machen!«

»Was sollst Du denn schon kaputt machen, was offensichtlich schon längst im Eimer ist? Du hast mir doch mal erzählt, dass Du sie im Stadtkaffee mit einem jungen Gigolo gesehen hast, der ihr Sohn hätte sein können. Sie waren offensichtlich für ihn teure Sachen shoppen, meintest du. Ganz vertraut wären sie miteinander gewesen. Findest Du das gegenüber Ernst fair? Ich nicht, um ehrlich zu sein!«

»Nein Du hast recht. Ernst weiß auch nichts davon. So soll es bitte auch bleiben! Ich habe ihm nicht von meiner Beobachtung berichtet, damit nachher nicht der Verdacht aufkommt, ich wollte seiner Frau absichtlich was anhängen, nur damit er sich für mich entscheidet«, meinte Manuela und seufzte dann. »Hmmm, ich würde ihm es sagen, ganz klipp und klar. So haben beide eine Chance, glücklich zu werden und Du auch«, sagte Mario in einem einfühlsamen Ton. »Am Montag mache ich das und spreche mich mit ihm aus. Nicht hier. Hier sind wir auf einer Party, und das ist kein geeigneter Ort für so was!«. Manuela schielte auf ihren Chef, der in der anderen Ecke des Raumes stand. »Okay danach musst Du mir unbedingt erzählen, wie es lief, ja? Wir sind ja so was wie beste Freundinnen«, grinste Mario und brachte Manuela zum Lachen. »Ja das sind wir!«, schmunzelte Manuela.

Sie schaute kurz durch den Raum und schaute wieder Mario an: »Sag mal, wie läuft es eigentlich mit Johannes so? Wo wir schon beim Thema sind. Fest oder nicht fest ist hier die Frage.« »Oh, da fragst Du mich was. Das kann ich Dir so genau nicht sagen«, wich Mario aus. »Schade, hätte mich gefreut für Dich. Ehrlich. Du wünschst Dir ja einen festen Partner. Ich hoffe es so sehr für Dich!« sagte Manuela und schaute Mario dabei fest in die Augen. »Hallo, Frau Bunte. Schön, Sie zu sehen. Wie geht es Ihnen?«, machte eine Stimme von rechts sich auf sich aufmerksam.

Es war Herr Albrik Moser, ein Schweizer Kunde, den Manuela oft beraten hatte. Sonst klassisch angezogen, hatte er sich heute für etwas Buntes entschieden. Eine gelbe Herbstblume im Jackett angesteckt. »Oh, hallo Herr Moser. Schön, dass Sie hier sind. Mir geht es gut! Ich hoffe Ihnen auch. Darf ich ihnen meine Begleitung Mario vorstellen?«, antwortete Manuela und verwies auf Mario, der links neben ihr stand. »Enchanté, Albrik Moser mein Name«, Dabei lächelte er Mario an und gab ihm die Hand. Mario war etwas verlegen, was sich in einem aufgesetzten Lächeln widerspiegelte. Ein kleines Körperteil in ihm meldete sich. Er versuchte, seine Gedanken zu unterdrücken, so dass bitte nichts anschwellen sollte. Was heute mit ihm los war, wusste er selbst nicht. Erst beim Friseur, dann jetzt mit diesem Herrn Moser. Heute war wieder einer dieser Tage, in denen er seine Gedanken nicht abschalten konnte.

Manuela vermerkte dies mit ihrer sensiblen Art und wohl auch Albrik, der mit folgender Frage versuchte, Mario zum Reden zu bringen: »Seit wann wissen Sie es?« »Bitte was?!«, fuhr es aus Mario heraus. »Sie brauchen sich nicht zu schämen, ich kann das gut nachvollziehen. Mir ging es auch am Anfang so. Mit der Zeit lernt man damit umzugehen«, versuchte Herr Moser Mario zu beruhigen. Hatte der Typ etwa ein Psychologiestudium absolviert? Oder interessierte er sich einfach nur für Küchenpsychologie?

Mario schaute Moser kurz verdutzt an und beobachtete dann Manuela von der Seite, die offensichtlich mehr wusste, dabei aber schwieg. Mario tat so als verstehe er Moser nicht: »Ich weiß nicht was sie meinen.« Moser konnte aber sehen, dass Mario verstand und meinte in einer ruhigen Tonlage: »Oh das weiß man in der Tat nicht immer sofort. Ich wünsche Ihnen viel Erfolg und stehen sie dazu! Sich zu verstecken, bringt nichts. Da schaden Sie nur sich nur selbst. Good Luck!«. Manuela stand noch immer kerzengerade und schweigend neben ihnen, so als würde sie eine Art Beichtmutter sein. Moser fuhr fort: »Ganz anderes Thema. Manuela, ich wollte Sie fragen, ob Sie am Montag im Büro arbeiten und erreichbar sind. Ich wollte Sie für ein weiteres Projekt gewinnen. Alles weitere würde ich gerne mit Ihnen unter vier Augen abklären. Wäre das möglich?«. Manuela war nicht verwundert über die Anfrage von Moser und hatte mit einem weiteren Arbeitsauftrag von ihm schon gerechnet, da er ihre Arbeit beim letzten Projekt von ihr hoch gelobt hatte: »Gerne. Ich bin ab zehn Uhr erreichbar, dann können wir alle Einzelheiten abklären« »Vielen Dank. Ich freue mich. Ich muss weiter«, freute sich Moser und nahm Manuelas Hand und gab dieser einen Handkuss. Sehr altmodisch, aber eben mit Klasse. Er nahm auch Marios Hand, schüttelte sie nur und zog eine Visitenkarte aus seinem Anzug hervor: »Hier meine Visitenkarte, falls Sie mal Fragen haben sollten oder nicht weiter wissen… Ich stehe Ihnen gerne Rede und Antwort.« Moser lächelte dabei und Mario grinste verlegen über Mosers Worte. Albrik Moser war, so konnte man sagen, ein echt netter, sympathischer und feinfühliger Mann mit Stil. Mario schwirrten Mosers Worte in seinem Kopf herum. Was hatte Moser mit seinen Aussagen gemeint? Er hatte doch nicht etwa Marios Zustand bemerkt. *War er etwa…*

Mario stellte Manuela, als Moser schon bei anderen Gästen stand, zur Rede: »Manuela, weißt Du was Moser meinte? Ist es das was ich denke. Ist er… Du weißt schon?« »Homosexuell?«, grinste Manuela und schaute Mario an. Mario schaute sie erstaunt an. »Ja, ist er. Du standest aber auch echt gerade wie ein Kaninchen vor der Schlange vor ihm. Er wollte dich sicher nicht anbaggern, sondern dir nur eine Starthilfe geben. So habe ich es jedenfalls interpretiert. Keine Sorge, der wird Dich nicht verraten, er hat Klasse. Er wollte Dir nur zu verstehen geben, dass Du es schon selbst tun musst und das kein anderer dies für Dich übernehmen kann. Also ich weiß nicht, was heute mit Dir los ist. Willst Du es mir verraten?« »Nein ist schon gut. Lassen wir das Thema«, schnauzte Mario Manuela an und sie kommentierte das nur mit einem kurzen: »Na gut.« Marios Kopfkino meldete sich, und er führte an: »Manuela, ich fühle mich nicht wohl hier, können wir bitte dem Ganzen den Rücken kehren und nach Hause gehen? Nichts gegen Dich, aber die ganze Situation… Herr Moser hat Recht ich sollte ehrlich mit mir sein. Wir spielen den Leuten hier ein Paar vor, was wir nicht sind, nur damit wir unser Gewissen beruhigen. Du damit Du deinem Chef zeigen kannst, dass er Dir angeblich nicht wichtig ist, Du ohne ihn zurechtkommst im Leben und ich damit keiner…« Jetzt blickte er kurz unsicher um sich, damit wirklich niemand es mitbekam und sagte leise: »…meine Homosexualität mitbekommt.« Manuela schaute ihn an: »Du hast recht!«, und ging schnurstracks wie von der Tarantel gestochen zu ihrem Chef, bedankte und verabschiedete sich von ihm. Dieser winkte Mario zu.

Sie kam zu Mario zurück: »Was hast Du ihm gesagt?« »Oh nur, dass Du feuchte Träume hast, dich durch die ganzen potentiellen Verehrer gehemmt und nicht wohl fühlst und wir die Party deswegen verlassen müssen«, erzählte Manuela Mario mit einer ruhigen, klaren Stimme. »Was?«, fuhr es aus Mario heraus. Er konnte es nicht fassen! »Beruhige dich. Ich habe ihm nur erzählt, dass Du Blähungen hast und eine anstrengende Woche hattest. Komm mal runter, bitte«, beruhigte ihn Manuela: »Achso. Gut. Entschuldigung. Ich dachte einen Moment…«. Manuela war einiges zuzutrauen. Eine taffe Frau eben. Mario war trotzdem froh, sie als Freundin zu haben. Sie war ein Strohhalm, an dem er sich festhalten konnte. Sie verabschiedeten sich von Herr Moser, der es sich nicht verkniff, Mario beim Händeschütteln anzulächeln. Er wünschte ihm alles Gute und Mario war nach wie vor durcheinander, aber verabschiedete sich trotzdem adäquat.

Manuela und Mario gingen Richtung Ausgang, der durch die Sonnenausstrahlung außen hell leuchtete. Fast befreiend. »Die Treppen zuerst, dann dieser Kiesweg bis zum Auto hin«, dachte Mario. Seine Beine fühlten sich wie Pudding an, so aufregend war dieser Tag für ihn gewesen. Sein Kopf hingegen raste unermüdlich. Die Gedanken waren zwar frei, aber dadurch entstand auch ein Obstsalat im Kopf der sich schwer ordnen ließ. Manuela hingegen schien noch fest auf beiden Beinen zu stehen: »Alles in Ordnung mit Dir?«, fragte sie vorsichtig. Sie merkte, dass Mario durcheinander war. Die Kieselsteine unter seinen Füssen fühlten sich für Mario an wie spitze Steine, die wie Messer versuchten seine Sohlen zu durchbohren. Er fühlte sich für einen kurzen Moment nicht, aber seine Füße umso mehr. »Alles gut. Es ist nur…«. Mario unterbrach kurz und hielt die Luft an, dann fuhr er fort: »Wir haben bei uns in der Firma beschlossen, dass jeder der Blut spenden möchte, dies beim roten Kreuz tun kann, und ich habe zugesagt.« Er verstummte wieder. Manuela hingegen war etwas erstaunt über Marios Worte, da sie dachte, er würde etwas anderes ansprechen oder sagen wollen: »Ist doch gut. Eine gute Tat vollbringst Du damit. Wo ist das Problem?«. Mario schaute Manuela einen Moment mit einem ernsten Blick an und stoppte. Manuela tat ihm gleich, schaute ihn an und sie beantwortete ihre Frage selbst: »Oh Du musst, ehe Du Blut spendest, einen Zettel ausfüllen, oder? Und auf dem musst Du angeben, ob Du heterosexuell oder homosexuell bist. Und wenn Du das zweite ankreuzt, darfst du erst gar kein Blut spenden?«.

Sie gingen weiter und Mario meinte: »Naja so schlimm ist es heute nicht mehr, aber ich gehöre trotzdem der Risikogruppe an und muss einige Monate, genau gesagt vier Monate warten. Früher durften Homosexuelle überhaupt kein Blut spenden, da ihnen nachgesagt wurde, dass sie HIV weiterverbreiten würden. Zack abgestempelt, diskriminiert. Das Klischee der Schwulenkrankheit eben. Wenn wirklich, ob Hetero-, Homo-, Inter-, Non-binär- oder Transsexuell orientierte Menschen an HIV erkranken, wird öfters von der Allgemeinheit die Menschlichkeit vergessen, was dazu führt, dass diese Menschen von der Gesellschaft abgestempelt und ausgeschlossen werden, was in einer aufgeklärten Welt nur für Kopfschütteln sorgen sollte, da diese nicht verflucht wurden oder selbst schuld sind, erkrankt zu sein. Natürlich sollte ein an HIV-Erkrankter kein Blut spenden, aber respektiert sollte er trotzdem werden! Er hat keinen Schadenszauber erlitten oder ist sonst verhext worden, sondern es sind Dinge, die passieren! Auch wenn man die Krankheit nicht verharmlosen und weiter darauf aufpassen sollte, dass das Kondom oder der Plastikhandschuh richtig sitzt. Um wieder zurück zu kommen auf das Anfangsthema…«.

Mario holte einmal kurz tief Luft und fuhr fort mit seiner Erzählung: »Heute müssen auch Heterosexuelle oder Transpersonen warten, wenn sie denn wechselnde Sexualpartner haben, damit das Infektionsrisiko und die Ausbreitung von Geschlechtskrankheiten eingedämmt werden. Allein das Ankreuzen bereitet mir Kopfzerbrechen, weil ich doch dann geoutet wäre. Oh, soll ich was ankreuzen. Und was? Ich habe solche Angst, Manuela.«

Manuela verstand Marios Angst, und versuchte diese etwas zu lindern, indem sie ihn etwas forsch fragte: »Offiziell bist Du doch mit mir zusammen, also kreuz »heterosexuell« an, dann entstehen keine Probleme für dich. Habt Ihr denn wechselnde Partner? Benutzt Ihr ein Kondom?« »Also, ich nicht, aber bei Johannes bin ich mir nicht immer so sicher… Ja wir benutzen ein Kondom. Die gerippten sind ein Traum!«, grinste Mario spaßeshalber. Furcht vor der Verhütung kam ihm nicht in den Sinn. Manuela hatte ihren Freund Mario verstanden und setzte einen oben drauf: »Wie die Kirsche auf der Sahne eben!«. Ihr Humor war volltrefflich. Hätte sie diesen Satz nicht gesagt, wäre es nicht Manuela gewesen.

Sie hatte ab und an die Gabe, aus einer lustigen Situation ein Evenement zu machen. »Haha oh ja! Ich mag Kirschen sogar. Aber Bananen auch«, merkte Manuela zusätzlich noch an. Bei diesem Satz lachten beide auf. Sie waren beim Auto angekommen, Mario sperrte auf und beide setzten sich rein. Sie lachten noch immer, und Manuela sagte: »Wir haben heute wieder einmal alles rausgeholt« »Oh ja!«, meinte Mario, der sich konzentrieren musste, das Schlüsselloch zu finden, damit er das Auto starten konnte. Das einzige Loch was er in diesem Auto finden musste. Er hatte es gefunden und fuhr los.

Das weibliche Geschlecht machte manchmal auf das männliche einen merkwürdigen Eindruck und lies es mit einigen Fragenzeichen im Gesicht zurück. Dies ging aber auch in die andere Richtung und dann wurde die Weiblichkeit zur Männlichkeit.

4. Die eigene Identität gepaart mit etwas Homosexualität

Sie fuhren durch eine Baumallee, die Vögel zwitscherten. »Du Manuela, nerve ich Dich eigentlich, wenn ich Dir von meinen Männergeschichten erzähle?«, fragte Mario in einem unsicheren Ton. Er war sich manchmal wirklich nicht sicher, ob er Manuela nervte und sie dies stillschweigend hinnahm. »Nee wieso? Ist doch interessant. Als Frau merkt man dann, dass nicht nur wir ab und an das andere Geschlecht nicht verstehen, sondern das eigene sich auch nicht immer versteht. Dann ist im Leben alles viel einfacherer, da man erst gar nicht versucht, immer alles zu verstehen«, räumte Manuela ein. Mario nahm tief Luft und antwortete: »Oh puh! Da bin ich erleichtert. Du hast vollkommen recht. Man muss nicht alles oder jeden auf dieser Welt verstehen. Sich selbst zu verstehen, hilft einem immer am besten. Finde ich.« »Das stimmt!«, fuhr Manuela fort: »Sich selbst zu verstehen ist schon manchmal eine echte Herausforderung. Und andere umso mehr. Ändern kann man sie eh nicht, nur sich selbst.«

»Was sicherlich ist, dass wir von der Wissenschaft her alle etwas bi sind. Etwas steh‘ ich schon auf Dich, auch wenn es nur rein platonisch ist und mein kleiner Freund auf Dich leider nicht zu reagieren vermag. Ich mag Dich trotzdem!«, sagte Mario liebevoll, und Manuela antwortete: »Ich Dich auch! Auch wenn ich mir mit einer Frau rein gar nichts im sexuellen Kontext vorstellen könnte, finde ich die ein oder andere Frau attraktiv. Wurde von der Natur ebenso mitgegeben.«

»Ich ja auch. Die eine oder andere finde ich attraktiv, aber ich könnte mir nichts mit ihr sexuell gesehen vorstellen. Wir sind uns ziemlich ähnlich: wir beide lieben Männer«, lachte Mario, und Manuela antwortete ihm mit einem »Oh ja!«. Beide schwiegen bestimmt eine Minute lang.

Währenddem tanzten in Marios Kopf hastig folgende Gedankengänge auf: »Ich werde am Montag einfach ein Kreuz bei heterosexuell machen. Wir sind ja alle etwas bi, dann fällt es nicht auf. Ganz gelogen habe ich nicht, da ich Frauen attraktiv finde. Naja beim Sexuellen habe ich schon gelogen, aber wer sollte das schon kontrollieren? Wenn ich homosexuell ankreuze, muss ich mich eventuell unangenehmen Fragen im Büro unterziehen, wieso ich mit Blutspenden so lange warten muss. Kann schlecht die Periode angeben, da ich keine Frau bin. In dem Fall, wenn ich eine Frau wäre, wäre es sicherlich einfach. Eine Frau könnte das als Ausrede benutzen, wieso sie während einer bestimmten Zeit kein Blut spenden kann. Irgendwann kommen sie dann drauf. Ich möchte mich auch nicht der Blutspende entziehen, weil es wichtig ist. Ich bin ja gesund und habe einen Blutspendernachweis, der das beweist. Ich lasse mich jeden dritten Monat auf Geschlechtskrankheiten testen. Ist ja auch super wichtig. Falls doch mal was durchrutscht. Heteros müssten das auch. Eine Aufklärung und die Enttabuisierung in der Gesellschaft wären so wichtig, damit Menschen allgemein weniger mit Diskriminierungen in Bezug mit diesem Thema zu tun hätten. Jeder kann sich damit infizieren und es weitergeben. Keiner ist dagegen gewappnet, sich einmal im Leben mit Chlamydien zu infizieren. Tripper, HIV, Aids und so weiter gibt es auch noch. Immer mit Kondom, dann ist das Infektionsrisiko minimiert.«

Mario philosophierte all das still und leise vor sich hin, bis Manuela ihn aus seinem Gedankenkarussell riss: »Sag mal, Mario, um noch mal auf dieses Verhütungsthema zurückzukommen. Wie heißt noch einmal dieses Medikament, was insbesondere homosexuelle Männer präventiv zu sich nehmen, damit sie im Falle einer Infektion mit HIV nicht Aids bekommen? Irgendwas mit »P« war es? Hilf mir doch mal.« »Du meinst bestimmt PrEP, oder?« »Ja genau. Danke«, lächelte Manuela ihn an. »Können auch Frauen nehmen. Ist eine Safer-Sex-Methode«, erklärte Mario, und Manuela antwortete: »Stimmt. Sollte aber nicht verhindern ein Kondom zu benutzen. Ich hatte mich in der Studienzeit einmal mit Tripper angesteckt, der Typ hatte einfach das Kondom ausgezogen, weil es ihm *ohne* mehr Lust bereiten würde. Super fahrlässig und egoistisch. Ich hatte es Gott sei Dank sofort bemerkt und bin zur Frauenärztin. Nach dem Abstrich konnte ich erst mal Antibiotika schlucken. Bin zwar genesen und war Tripper negativ, aber der Ofen war aus. Ich hatte mich heftig mit dem Typen gestritten, weil er angeblich negativ war, aber er so oft auf Toilette musste und dabei Schmerzen hatte, was die Symptome einer Tripper Infektion sind. Später habe ich erfahren, dass Tripper, bei einem guten Verlauf, auch selbst abheilen kann. Er war wohl positiv und hat mich angesteckt, ehe die Infektion abgeheilt ist und er somit negativ wurde. Na, ja dumm gelaufen für mich, ich hätte ja auch unfruchtbar, durch eine Eileiterverklebung oder bei einer Schwangerschaft eine Eileiterschwangerschaft erleiden können. Wusste ich zu dem Zeitpunkt nicht. Meine Frauenärztin hatte mir dies dann alles in Ruhe erklärt. Ich war geschockt!«

»Kann ich mir vorstellen!«, stimmte Mario einfühlsam zu und fragte dann: »Wie hast Du es gemerkt?« »Durch Schmerzen im Unterbauch und eitrigen Ausfluss. Auch die Zunge brannte etwas. Ja, und durch den Test. Ich bin immer jedes halbe Jahr zum Frauenarzt, aber jetzt mache ich jeden dritten Monat einen HIV-Test bei der Caritas, wenn ich wechselnde Partner habe. Sicher ist sicher. Keiner spricht gerne über dieses Thema. In der Schule sollte besonders im Biologieunterricht über dieses Thema mehr aufgeklärt werden. Es enttabuisieren, damit Betroffene im Falle einer Ansteckung keine Scham entwickeln, sondern zum Arzt gehen und sich behandeln lassen. Es kann jedem passieren«, sagte Manuela aufgeregt.

„Das stimmt!« entgegnete Mario Manuela, die kurz zum Fenster hinaus schaute, einmal tief Luft holte, ihren Kopf wieder nach vorn richtete und dann in einem nicht so ganz ernsten Tonfall antwortete: »Dem nächsten Kandidaten, als er das Kondom ausgezogen hatte, fairerweise muss ich sagen, dass er auf meinem Bauch kommen wollte und nicht in mir, habe ich per Whatsapp indirekt mitgeteilt, als er nach weiteren Treffen gefragt und sich nach meinem Wohlbefinden erkundigt hat, dass es uns beiden, dem Kleinen und mir gut geht und ich durch seine Aktion von ihm schwanger geworden bin. Ich wollte ihn etwas schockieren, da ich ihm schon mehrfach gesagt hatte, dass ich das nicht mag, wenn er das Kondom abzieht und auf mir kommt. Nun… er war wie soll ich sagen… nicht nur geschockt, sondern auf einmal laut seinen Antworten panisch! Seine Stimmung war wohl in dem Moment dramatisch, apathisch und vielleicht etwas akrobatisch. In anderen Worten: seine Laune war im Keller. Er war sichtlich erleichtert, als ich ihm gesagt hatte, dass ich nicht schwanger wäre und er seine gewohnte Freiheit nicht aufgeben und erwachsen werden müsste. Er hatte wieder die Sonne gesehen und seine Laune das Tageslicht. Ich habe ihm aber klar zu verstehen gegeben, dass er bei weiteren Treffen bitte seine kleine »Anti-Baby-und-Anti-Geschlechtskrankheiten-Hilfe” für seinen kleinen Freund anbehält, und zwar solange, bis er seinen Samen samt Kondom in den Mülleimer schmeißen kann! Der Kerl hatte es verstanden und *es* fortan auch bis zum »Aufschlag« drangelassen. Somit war die Angst, schwanger zu werden oder mich mit etwas zu infizieren, gemindert. Denke es war ihm ein guter Denkzettel und er hält diese Gewohnheit bis heute aufrecht. Es wäre ihm jedenfalls zu wünschen, damit er nicht Angst haben muss, dass er jemals Vater wird und Verantwortung übernehmen muss! Und eben auch der Frau, die sich mit so einem um die Finanzen fürs Kind kloppen muss… Manche Männer sind ja ewige Spielkinder. Es ist manchmal schwer, Vernünftige zu finden, findest du nicht?” »Hihi. Ja!”, brach es aus Mario aus. Er konnte es sich bei Manuelas Humor leider nicht verkneifen, diesen Kommentar abzuliefern. Er setzte noch einen weiteren obendrauf: »Ja, mir kann sowas biologisch gesehen, gar nicht passieren! Damit es nicht total vergeudete Liebesmüh ist, schlürfe ich es lieber. Haha!” Jetzt war es Manuela, die laut auflachte. Sie hielt sich daraufhin die

Hand vor den Mund und schaute Mario mit ihren großen, in dem Moment leuchtenden Augen an. Er hatte auch so manchen witzigen Spruch parat. Die Gemüter beruhigten sich und Mario wendete den Kopf kurz zu Manuela hinüber und fragte sie vorsichtig: »Möchtest Du denn Kinder?«.

Er hatte während seiner Beziehung mit Manuela nie nachgefragt, ob sie einmal Mutter werden möchte. Sie ging auf die fünfunddreißig zu, so dass es nach Mario aller höchste Eisenbahn war, wenn sie sich noch Kinder wünschte. »Halt, stopp! Bremsen!«, schrie Manuela laut und zeigte mit dem rechten Zeigefinger Richtung Windschutzscheibe. Mario trat in die Eisen und das Auto machte eine Vollbremsung. Die Sicherheitsgurte taten ihre Arbeit und vermieden, dass beide mit ihren Köpfen in die Windschutzscheibe donnerten. Vor ihnen lief: ein Jugendlicher mit Sonnenbrille. In seiner rechten Hand eine Bierflasche und in seiner linken ein Handy, mit dem er über Kopfhörer verbunden war. Ziemlich cool eben! Manuela holte einmal tief Luft und sagte in einem zornigen Ton: »Was für ein Idiot! Diese Handyautisten heutzutage! Gehen einfach über die Straße ohne zu schauen! Dann noch Kopfhörer in ihren Ohren, dann kriegen sie überhaupt nichts von ihrer Umwelt mit! Ging Gott sei Dank noch einmal gut!«. Der Handyautist, wie Manuela ihn betitelt hatte, grinste, nachdem er kurz auf der

Straße stehen geblieben und in Schockstarre erstarrt war, frech und ging weiter Richtung Bürgersteig.

Mario fuhr wieder los und sagte: »Danke für deine Aufmerksamkeit! Heutzutage sieht man immer mehr Menschen mit dem Handy in der Hand über die Straße gehen, und sie kriegen ihre Umwelt nicht mehr mit. Etwas Achtsamkeit hätte dem nicht geschadet! Die sozialen Medien machen es den Menschen aber auch nicht einfach. Immer schauen, was auf anderen Teilen der Erde läuft. Wissen, was andere machen. Schnell, schnell antworten müssen. Das Hier und Jetzt völlig ausgeblendet! Hauptsache Klicks und Applaus bekommen. Die eigene Psyche völlig ausgeblendet. Bei jeder Aktion, auch wenn sie noch so übel ist, wie zum Beispiel Kinosäle zu erstürmen und mit Popcorn und Fäusten um sich zu schmeißen, kommen sich die Verursacher und Organisatoren großartig vor! Die scheiß Idee im Scheinwerferlicht, wenn nicht sogar im Rampenlicht. Was für ein Schwachsinn. Größenwahnsinnige und übermäßig große NarzisstInnen haben dort eine Plattform, die sie vielleicht ohne die sozialen Medien nie hätten.«

»Oh ja! Schau mal hier. Bestes Beispiel!«, meinte Manuela und zeigte mit ihrem rechten Finger nach links, welchem Mario mit seinem Blick folgte. Ihnen kam ein Fahrer entgegen, der sich stolz beim Autofahren filmte. Vermutlich war sein Ego einfach zu groß, als dass es ihm die Idee in den Sinn hätte kommen können, dass es gefährlich und strafbar war, sich beim Fahren selbst zu filmen. Kein Respekt vor anderen und sich im Straßenverkehr, aber dafür später ein gutes Video zum Angeben bei seinen Followern. Oder nicht? Hauptsache cool sein, die Sicherheit ist doch schnurzegal. Mario meinte lässig und doch spöttisch zugleich: »Trotzdem war Früher nicht alles besser. Die menschliche Psyche versucht immer wieder, das »Gute« in der Vergangenheit zu sehen. Sie zu idealisieren, dient wohl dem Selbstschutz eines jeden, damit die Menschen überhaupt in der Lage sind, Ereignisse zu vergessen oder zumindest für einige Zeit aus ihrem Gedächtnis zu verdrängen. Tiere haben es da im Vergleich zu uns deutlich einfacher: sie leben im Hier und Jetzt. Doch auch sie vergessen schlechte Erfahrungen nicht, denn sie könnten in der Natur sonst nicht überleben.«

Mario schwieg kurz, schaute aus dem Fenster und fing wieder an mitreden: »Die Kommunikation ist anders heutzutage. Schneller eben, was Risiken einer Überversorgung mit Informationen beinhalten kann. In der Fachsprache Reizüberflutung genannt. Dann noch das Problem mit diesen Fake News. Das einige nicht mehr klar kommen auf dieser Welt, ist kein Wunder. Verschwörungstheorien von Fakten zu unterscheiden, ist nicht so einfach, dank einiger

Influencer, die für Geld alles machen und denen die politische Gesinnung, insbesondere die der Rechtspopulisten egal ist, wenn die Summe stimmt, die sie für die Verbreitung von deren Ideen einkassieren. Auch ein Thema, was meiner Meinung nach in den Schulen mehr als Fach eingeführt werden müsste: die Medienkompetenz. Den Schülern beizubringen, Informationen richtig einzuordnen und nicht irgendeinem Guru einfach so zu folgen, nur weil er so viele Follower hat oder durch soziale Medien populär ist. Zudem wäre ihnen zu zeigen, wieso Demokratie so wichtig ist, auch wenn sie einige Schwachstellen aufweist. Der Faschismus ist aber sicherlich nicht der richtige Weg und weit entfernt, um die Vertragspunkte mit einem Rechtsstaat einzuhalten. Meine ich zumindest. Die Sozialen Medien dienen ab und an als Medienpropagandamaschine, was Nutzen, Schaden, böse oder gute Dinge herbeibringen und die Gesellschaft somit negativ oder positiv beeinflussen kann. Sich selbst zu hinterfragen, ob ein Gerücht wirklich stimmt, und nicht nur vagen Vermutungen, die geäußert werden, Raum geben. Selbstreflexion und eigenes Denken sind der Schlüssel zum Erfolg! Die wahre Erkenntnis, auch wenn sie von BetrachterIn zu BetrachterIn unterschiedlich ausfällt, ist meist ein Konstrukt, welches falsch oder richtig sein kann, je nachdem welche Perspektive man einnimmt. Das eigene Denken ist dennoch essentiell, um überhaupt die Chance zu haben an eine Erkenntnis zu gelangen.«

Manuela hatte Marios Worte wahrgenommen und antwortete daraufhin: »Eine KI sollten insbesondere SchülerInnen zu diesem Thema lieber nicht verwenden, nur damit sie ihr Hirn nicht selbst einzuschalten brauchen. Eigenes Denken ist schon von Wichtigkeit, um eine eigene Meinung, einen Standpunkt zu entwickeln und nicht wie Lemminge einer Idee zu folgen, die falsch sein könnte. Falls die KI doch zum Einsatz kommt, kann als Konsequenz folgen, dass das Hirn an einem Mehr an Ideen und Speicherkapazität verarmt. Auch wenn die Dosis wie bei vielem das Gift macht… ist es dennoch ein Graus, wenn man bedenkt, dass die Zahl der Demenzkranken in den letzten Jahren gewachsen ist. Arme Jugend, welche Zukunft habt Ihr vor euch?«, fragte Manuela besorgt.

»Was für eine kluge Frau!«, dachte Mario und antwortete: »Manuela, das stimmt alles, was Du sagst. Ich finde die Menschheit verblödet immer mehr! Ich denke, es ist zum Teil wegen den digitalen Ressourcen, da die meisten nur noch ihr IPad benutzen, statt einen Stift in die Hand zu nehmen. Das Gehirn speichert mehr Informationen ab, wenn man mit dem Stift in der Hand schreibt, als wenn man mit dem Finger über das IPad wischt. Auch die sozialen Beziehungen sind wichtig für unser Gehirn, was durch soziale Medien immer mehr in Vergessenheit gerät. Soziale Medien sind nicht immer so sozial, wie manche glauben. Sie können Missverständnisse und Streit herbeiführen. Sich sehen ist schon schöner als sich nur zu schreiben. Sonntags mit der Familie bei Oma Apfelkuchen essen, hatte was. Heute sind Sonntage eher dazu da, um mit der Verwandtschaft mal zu telefonieren. Schon traurig, diese Entwicklung. Diese jugendlichen Frustbomben, die Hetzjagden, sowohl aus dem rechtenextremen, als auch linksextremen Milieu gegen Menschen betreiben, sollten sich sozial engagieren und sich so in die Gesellschaft mit einbringen. Haten was nur geht. Nichts Positives sehen. Ein obligatorisches Jahr für Jugendliche als EhrenämtlerIn oder ZivildienstlerIn, für ein Jahr wenigstens, das wäre was, damit sie was gesehen und gemacht haben. Damit sie wissen von was sie reden! Sowas macht mich sauer! Von nichts eine Ahnung haben, aber gerne Stunk machen, somit nur Probleme und keine Lösung aufzeigen wollen. Kritik äußern ja, aber Hass, Hetze und Falschinformationen in der Öffentlichkeit zu verbreiten, nur um anderen zu schaden, ist ein absolutes No-Go! Der der am lautesten schreit, hat nicht unbedingt Recht, aber die meiste Aufmerksamkeit… Leider... Erfahrungen im Leben zu sammeln ist schon wichtig. Gemälde zu zerstören, nur weil man auf ein Problem aufzeigen möchte, dient nicht der Lösung. Eine adäquate Argumentation ist die Lösung, aber die AmtsträgerInnen müssen auch dafür bereit sein, etwas verändern zu wollen. Druck erzeugt Gegendruck. Wird besonders in der Klimapolitik deutlich. Bio ist nicht gleich umweltschonend. Einige aus der Vermarktungsbranche benutzen dieses Siegel, um die Produkte besser zu verkaufen, dabei kommen sie von weit her, und die weiten Wege sind nicht besonders umweltschonend.«

Mario seufzte. Die neue Welt machte ihn doch ab und an nachdenklich. Wissen war nicht gleich Wissen, aber nur zu glauben, dass man etwas weiß, war schon ein Trugschluss an sich. Glauben konnte nie und nimmer auf sicherem Wissen basieren. Die Wissenschaft lieferte den Beweis immer wieder. Aber auch hier war nie sicher, welche Wissenschaft die richtige sei. Es gab sehr viele BlenderInnen, die überzeugend vortragen konnten, jedoch einen auf festem Fundament stehenden wissenschaftlichen Beweis nicht liefern konnten. Einige Soziale Mediatoren performten sehr gut, aber auch ihnen fehlte bei mancher Erkenntnis den im Kern wahren wissenschaftlichen Beweis, so dass manche Fehlinformationen von ihnen ausgehen konnten. Verifiziert mussten einige Nachrichten und Bilder sind, damit sie als richtig und wahr angesehen werden durften, was durch die KI gar nicht so einfach war. Nichts

Verständliches zu akzeptieren und nicht gleich in die Kategorie »Magie« einzugliedern, fiel einigen Menschen schwer. Hatte die Wissenschaft doch für manches Phänomen keine Erklärung parat, so war es doch leichter in die Trickkiste zu greifen und sich eine Theorie zusammen zu basteln, damit Unverständliches passend und verständlich wurde. So wie bei mancher Kunst. Oder nicht? Das eigene Weltbild durfte ja nicht gefährdet sein und zerbröseln.

Manuela ergriff wieder das Wort und fragte: »Apropos Oma, was macht eigentlich Deine Oma Ilse?«. Mario schaute Manuela kurz an und sagte trocken: »Eigentlich ganz gut, außer dass ihre psychische Erkrankung ihr manchmal zu schaffen macht. Schaffen wohl im kreativen Kontext. Ihre Kreativität lässt sie nach wie vor richtig schöne Bilder malen. Wahre Kunstwerke, welche sogar ausgestellt werden. Einige, die sie neu gemalt hat, werden nächste Woche auf einer Vernissage gezeigt.« Mario war stolz auf seine Oma, dies konnte man heraushören.

»Wow super!«, antwortete Manuela sichtlich erfreut und fuhr fort mit: »Das freut mich ja für sie! Sie hat es ja nicht immer so leicht gehabt. Es gab psychische Krankheiten immer schon, und so langsam öffnet die Gesellschaft sich und stigmatisiert nicht nur. Psychisch krank zu sein ist nicht gleich psychisch krank. Differenzieren statt Polarisieren. Ohne solche Menschen wäre uns so manch anschauliches Kunstwerk erspart geblieben, was schade für die Gesellschaft gewesen wäre! Hohe Kreativität fördert eben so manches Hirnchaos im Kopf, wobei sich Realität und Fiktion schon einmal miteinander vermischen können, was zu einer Explosion von Ideen führen kann. Man denke an Van Gogh, der Bilder erschaffen hat, die bis heute im Museum ausgestellt werden, weil sie Menschen faszinieren und in ihren Bann ziehen. Atemberaubend schön einfach! Für die ganz sensiblen unter uns ein wahres Erlebnis!«.

Mario nickte. Was Van Gogh wohl dazu sagen würde, dass Manuela seine Bilder schön fand und positiv kommentierte? KünstlerInnen waren ja meist mit sich und ihrem Kunstwerk sehr kritisch. Vermutlich hätte Van Gogh Manuela einfach erklärt, wie das Universum für ihn aussah und über seine Kunst geschwiegen. Van Gogh hatte zu Lebzeiten nicht gerade einen kleinen Knall gehabt. Sich outen, oder sich verstecken und auf diese Art selbst verletzen? Beides hatte Van Gogh getan: sich ein Ohr abgeschnitten und gemalt.

»Oh ja, Manuela! Man bedenke die zwölf Sonnenblumen von Van Gogh. Das Gemälde macht bis heute einen erhabenen Eindruck auf mich. Die strahlenden Sonnenblumen, goldig strahlend, so wie Du es bist!«, sagte Mario in einem poetischen Ton vor sich hin und grinste dabei. Manuela lachte kurz auf. Sie fand Mario zuckersüß und charmant in seiner ganzen Redensart. Manuela hörte auf mit Lachen. Sie und Mario schwiegen sich an. Manuela schaute rechts aus dem Autofenster. »Noch fünf Minuten, dann bin ich zu Hause. Ich muss die Waschmaschine noch ausräumen und die Wohnung putzen. Ich frage mal, was Mario heute noch so macht. Vielleicht hat er Lust, mit mir essen zu gehen? Wobei es schon dreist wäre zu fragen, denn wir sind nicht mehr zusammen. Andererseits ist er ein guter Freund von mir. Und fragen ist immer besser als zu schweigen«, schwankte Manuela in ihren Gedanken hin und her. Sie schaute in den Himmel.

Mario drehte das Radio auf. Manuela drehte ihren Kopf zu ihm, und sie sahen sich an. Ein Lächeln überkam beide bei dem Song: »Wind of Change« von den Scorpions, veröffentlicht im Jahr 1991. »Siehst Du die beiden Frauen?«, fragte Mario und zeigte mit seinem Gesicht nach rechts. »Ja, zwei Frauen die knutschen, und…?«, fragte Manuela erstaunt zurück. »Das wäre vor einiger Zeit noch undenkbar gewesen. Auf offener Straße rumzumachen, und dann noch als gleichgeschlechtliches Paar. Ist eine gute Entwicklung«, meinte Mario.

»Ja schon, aber nicht jeder sieht das so… man bedenke das rechtspositionierte Lager oder die erzkonservativen Genossen auf dieser Welt, welche sich gegen gleichgeschlechtliche Liebe, also alles was nicht »hetero« ist, ausspricht. Für die ist das nach wie vor ein Tabu, was bestraft werden muss. Schon schlimm so was! Jeder wie er möchte und kann. Jeder hat das Recht, seine Sexualität, sofern sie nicht in Gewalt ausartet und andere verletzt, auszuleben. Du weißt es ja selbst, Mario. Du würdest Dich gerne mit Johannes in der Öffentlichkeit zeigen, aber traust Dich nicht, weil Du Angst hast auf die Reaktion deiner Familie, Freunde und der Öffentlichkeit. Ich kann Dir nur immer wieder sagen, dass Du Dir der beste Freund sein musst und dies nur sein kannst, wenn Du ehrlich mit Dir selbst bist, und das sehe ich nur als gewonnen, wenn Du endlich der Öffentlichkeit so zeigst, wie du bist: homosexuell, stolz und unverbesserlich. Gut so wie Du bist! Danach fühlst Du dich sicherlich wie ein freier Vogel. Momentan versteckst Du Dich noch und willst schweigen, doch damit bist Du nicht glücklich, sondern traurig. Das merke ich Dir an! Schau, Christoph, mein älterer Bruder, hat sich letztes Jahr auch geoutet und seinen Freund geheiratet, mit dem er schon fünf Jahre zusammen war. Der ist happy! Wir akzeptieren ihn so wie er ist! Eventuell Kinder oder nicht, aber er ist glücklich«, erläuterte Manuela gefühlvoll. Sie wollte Mario helfen und ihm beiseite stehen, damit er seinen Weg gehen konnte.

Es musste sich etwas ändern!

Erstmal musste Mario lernen, den eigenen Saboteur im Kopf, der gelegentlich für Unsicherheit und Selbstzweifel bei ihm sorgte, auszuschalten, damit dieser nicht das komplette Netz lahmlegte. Eine Ironie im Kopf. Schritt für Schritt lernte er immer mehr, seine Ansprüche an sich selbst herunter zu schrauben. Wir alle haben unsere Fehler. *Perfektionismus* und *Idealismus* gibt es auf dieser Welt eben nicht. Dies beruht auf einem *Irrglauben*.

5. Die Gleichgeschlechtlichkeit mit der Kinderwunschfrage

Mario war froh, dass Manuela ihm trotz ihrem anfänglichen Streit, nachdem er Manuela vor zwei Jahren gestanden hatte, dass er auf Männer steht, beide noch gute Freunde waren und sich der Öffentlichkeit noch als Paar ausgeben konnten. Sie waren vor Manuelas Wohnung angekommen. Mario schaltete den Motor ab, was bedeutete, dass er mit Manuela noch reden wollte. Manuela wusste dies und wandte sich zu ihm: »Na spuck schon aus, so gut kenne ich Dich, was brennt Dir auf der Seele? Irgendwas willst du mich fragen.« Ja, so gut kannte sie Mario, denn er antwortete ihr daraufhin: »Sag mal, hattest Du mal was mit einer Frau? Ich frage mich das nur, da Du Dich so gut in mich hineinversetzen kannst…«. Manuela kniff die Augen zu und lachte auf: »Was? Haha eine lustige Hypothese, die Du da aufstellst.«

Sie hielt sich kurz die Hand vor den Mund und redete weiter: »Nein, ich hatte noch nie was mit einer Frau und ich stehe auch nicht auf Frauen. Ich liebe Männer, vielleicht kann ich mich deswegen so gut in Dich hineinversetzen. Der Schlüssel hierfür sind Erfahrung und Empathie, mein Lieber. Ich habe aber nichts gegen lesbische Frauen. Wie gesagt, jeder wie er mag, nur ich könnte mit einer Frau eben nichts anfangen, so wie Du ja auch. Klar, Sexualität ist im Leben wandelbar, eben kein starres Gefüge, es kann sich immer etwas ändern. Bis jetzt war ich aber nur an Männern interessiert. Eine Lehrerin, die auf Frauen stand, hatte sich einmal in mich verliebt und wollte ihre Macht ausnutzen, indem sie mir andauernd sagte und zeigen wollte, dass ich mit sechzehn nicht wissen könnte, wo ich stehen würde. Naja, Recht hatte sie wohl nicht so ganz, denn ich stehe nach wie vor auf Männer, auch wenn es manchmal die reinsten… ach… manchmal seid ihr total verpeilt einfach, um es lieb auszudrücken. Aber gut, die Männerwelt hat auch so ihre Schwierigkeiten mit der Frauenwelt. Jedenfalls kam es zu einem Gespräch zwischen meinen Eltern und ihr. Ihre Missionierungsversuche fanden schnell ein Ende, und sie ließ mich in Ruhe. Mein damaliger Freund fand es auch nicht super! Solche Machtausübungen sind Infekt. Egal ob zwischen Hetero- oder Homosexuellen. Wäre das Gleiche wie, wenn ich Dich jetzt zum Sex zwingen würde, obwohl ich weiß, dass Du auf Männer stehst. Wäre emotionaler Missbrauch in meinen Augen und moralisch gesehen nicht ok. Respekt vor der Sexualität des Andern sollte schon gegeben sein, finde ich!«, sprudelte es aus Manuela heraus.

»Da hast Du vollkommen Recht. Würdest Du mich anbaggern und mich zum Sex zwingen wollen, würde es trotzdem nichts werden, da ich echt Angst vor deiner Blume habe. Da macht mein Freund nicht mit. Kommen wir doch zurück auf die Kinderwunschfrage. Ja oder Nein? Möchtest Du oder nicht«, fragte Mario interessiert. Manuela schaute ihn kurz mit einem bösen Blick an meinte aber dann: »Puh ich weiß nicht…« »Wieso nicht?«, fragte Mario mit weit geöffneten Augen.

»Weil… weil, ach weil…«, seufzte Manuela: »Weil ich mit Dir Kinder geplant hatte. Der Wunsch kam mit ungefähr dreißig Jahren auf, aber ich hatte mich dann schnell davon verabschiedet, weil ich gemerkt habe, dass etwas nicht in unserer Beziehung stimmte.«

»Mit mir?«, fuhr es aus Mario heraus. Manuelas Worte hatten ihn ziemlich erschrocken. Seine Gefühle waren durcheinander, wie auf einem Karussell was sich zu schnell drehte. Er hatte Manuela nie gefragt, ob sie Kinder wollte. Er fühlte sich jetzt auf einmal egoistisch, obwohl er doch nichts dafür konnte. Zu einer zwischenmenschlichen Kommunikation gehörten immer noch zwei, sowie zum »Kinder machen« auch. Seine Augen wurden glasig, aber seine Tränen konnte er noch gerade so zurückhalten. So sehr hatten Manuelas Worte ihn ergriffen. Auch wenn er geweint hätte, hätte sie ihn nicht ausgelacht oder ihn für »schwach« gehalten, denn Männer hatten auch das Recht zu weinen, wenn sie emotional ergriffen waren. Kein Mann der Welt sollte ihrer Meinung nach Tränen zurückhalten müssen, nur um »stark« zu wirken und dem Mannesbild der Gesellschaft gerecht zu werden. Wenn ein Mann nicht weinen konnte, war er ihrer Meinung zu »schwach« und kein Mann, denn Menschen weinen nun mal, und ein Mensch der nicht weint, um seine Emotionen zu zeigen, war weder menschlich noch gefühlvoll. Eine Maschine eben, die funktionierte und auch im Umgang mit anderen eher einem Roboter glich, als einem Lebewesen mit Gefühlen.

Manuela kniff ihre Lippen zusammen und nickte mit ihrem Kopf. Mario fasste seinen Mut zusammen: »Das tut mir Leid! Wirklich… wenn ich das gewusst hätte. Jetzt hast Du keine Kinder wegen mir. Es tut mir so leid!«. Manuela schaute ihm tief in die Augen und platzte vor Lachen: »Es muss Dir nicht Leid tun. Es war ein Scherz! Ich wollte Dich testen, haha, mehr nicht. Was soll ich mit Kindern? Ich bin die typische Karrierefrau. Eine Frau braucht heutzutage keine Kinder, um sich vollwertig zu fühlen oder von der Gesellschaft so angesehen zu werden. Außerdem hast Du einen Fehler begangen.«

Mario starrte sie zugleich verdutzt wie auch böse an: »Manuela, echt! Ich habe Dir das jetzt abgekauft. Hast Du Dich nicht in der Branche geirrt? Du wärst eine super Schauspielerin geworden! Welchen Fehler denn? Ist das wieder so ein Trick?«

»Nein! Kein Trick! Normalerweise fragt man eine Frau heutzutage nicht mehr danach, ob sie Kinder möchte, denn Du weißt nicht, in welchen Lebensumständen die Frau schwebt, und dies kann mitunter sehr verletzend für die Frau sein. Vielleicht ist die Frau steril, oder ihr Mann ist es. Vielleicht hatte sie eine Fehlgeburt oder eine Abtreibung mal gehabt. Vielleicht ist der Richtige ihr noch nicht über den Weg gelaufen…«, meinte Manuela, und Mario unterbrach sie: »Oder die Richtige. Gleichgeschlechtliche Paare dürfen auch Kinder haben. Hetero wie Homo. Solange die Kinder es gut haben und sie einen Ansprechpartner haben, dem sie vertrauen und der sie beschützt, ist es doch gleichgültig, ob das Kind zwei Mütter oder zwei Väter hat. Das hindert sie nicht, auch Kontakt mit anderen haben zu dürfen. Ist ja keine Krankheit!«

»Das ist absolut richtig! Manche denken ja noch immer, insbesondere rückständige Zeitgenossen, Homosexualität, Intersexualität, queere Personen oder einfach anders zu sein als der »Normaldurchschnitt«

sei eine Krankheit und ansteckend. Dabei ist die Vielfalt doch etwas Besonderes und in einer demokratischen Gesellschaft wünschenswert. Gott sei Dank gibt es in einer Demokratie keine Gender Apartheid. Diese gibt es nur in nicht-liberalen, erzkonservativen, totalitären Staaten. Miteinander in Harmonie zu leben, sollte Ziel einer gesunden Gesellschaft sein, sonst bricht sie in eine eben solche Diktatur oder in ein totalitäres Regime aus, die für Zerstörungswut und Intoleranz sorgt und Menschen aufgrund ihrer Religion, Sexualität oder Ideen verfolgt. Rechtsstaat versus Polizeistaat eben. Die Obrigkeit macht es!«, philosophierte Manuela mal wieder vor sich hin.

Mario schaute ihr tief in die Augen und grinste sie dabei frech an. Marios Handy klingelte, und es ertönte: »Feuersalamander, mach Beine auseinander, mach Beine wieder zu und raus bist du…«. Mario schaute kurz auf sein Display, hob ab, hielt sein Handy an sein rechtes Ohr und schaute dabei Manuela an. Er machte ihr ein Handzeichen, dass sie ruhig sein sollte, was sie sofort verstand und sich grinsend die Hand vor den Mund hielt. Sie wusste, aus welchem Film dieser Song »Space Taxi« stammte: aus Traumschiff Surprise aus dem Jahr 2004. »Gut, dass er es auf der Party stumm geschaltet hatte. Das wäre ja der Hit bei der langweiligen Stimmung geworden!«, dachte sich Manuela.

»Ja, hallo Johannes!« Marios Blick war nach vorne gerichtet. »Heute Abend? Klar, können wir machen. Um wieviel Uhr?«. Manuela schaute gespannt auf Mario. Sie wollte unbedingt wissen, was Johannes ihn gefragt hatte. »Gut dann bis später. Freue mich!«, legte Mario auf und positionierte das Handy wieder auf das Tablett zwischen ihm und Manuela. »Und? Was hat er gesagt? Erzähl!«, hakte Manuela ungeduldig nach.

Mario schaute sie an: »Hmm, nun ja… Johannes hat gefragt, ob wir in eine Bar gehen und ich habe ja gesagt.« »Das ist doch toll! Endlich geht ihr gemeinsam aus. Ein erster Schritt! Oh, in welche Bar denn überhaupt?«, fragte Manuela, und Mario ergriff wieder das Wort: »Ja, also es ist eine ganz neue Bar. Eine LGBTQIA+ Bar.« »Oh, das müssen wir Mark sagen. Aber ich kann ihm schlecht sagen… denn dann weiß er, dass andere schon wissen. Ich habe ja kein Problem damit, nur ich will nicht mich in seine Angelegenheiten mischen oder den Anschein bei ihm erwecken, dass ich in seine Intimsphäre eindringe«, überlegte Manuela laut. »Tust Du schon nicht. Bei Deiner sensiblen Art… der freut sich vielleicht, dass jemand es mitbekommen hat und ihm eine Bar vorschlägt? Auf Menschen zugehen heißt doch das Motto immer, um Vertrauen und Respekt zu schaffen. Also… trau Dich, Manuela«, meinte Mario, und Manuela antwortete: »Na gut. Gleich am Montag, wenn ich ihn sehe, berichte ich ihm davon. Ist ja nichts dabei. Mehr als nicht mehr mit mir sprechen kann er nicht tun.«

»Genau! So, ich muss Dich leider aus dem Auto rausschmeißen. Ich wünsche Dir einen schönen Restnachmittag und Abend. Wir telefonieren am Montag, ja?«, fragte Mario gespannt. Manuela schnallte sich ab, gab Mario einen Wangenkuss, einen Kuss auf die Lippen war nicht erlaubt, öffnete die Autotür, stieg mit ihren hohen Schuhen aus, drehte sich um, beugte sich ins Auto und sagte schnell: »Bis dann am Montag. Ja wir telefonieren! Ich mag Dich, Schatz.« Daraufhin grinsten sich beide an, und Manuela nahm ihren Kopf aus dem Auto heraus. Beim Zumachen der Autotür fiel ihr der Hausschlüssel aus ihrer Handtasche heraus, den sie wieder aufheben musste. Mario schüttelte im Auto den Kopf: das konnte nur Manuela wieder einmal passieren!

Ab und an war sie eben ein Tollpatsch. Oder eine »Tollpatschin«? Manuela winkte Mario zu, der den Motor angemacht hatte, und dieser winkte mit einem Lächeln auf dem Gesicht zurück. Manuela machte kurz ein Handzeichen, damit Mario das Fenster öffnen sollte. Mario drückte mit dem Zeigefinger auf den »Fenster-öffnen-Knopf«, welcher das Fenster zu Manuela hin öffnete. Mario schaute Manuela gespannt an, die sich etwas mit dem Kopf ins Auto hinein bückte: »Übrigens bist Du für mich ein wahrer Teddykumpel!«. Mario verstand diese Aussage nicht und fragte nach, was sie damit meinte und was denn bitteschön ein »Teddykumpel« sei? »Ein Kumpel, mit dem man gut reden kann, eigentlich über alles, und mit dem man kuscheln kann ohne dass sexuelle Vorstellungen hochkommen«, antwortete Manuela in einem sanften Ton. »Ach so, also bin ich ein Teddykumpel? Sachen gibt es«, dachte sich Mario, grinste Manuela an und nickte. »Also, mach es gut«, erwiderte Manuela und zog ihren Kopf wieder aus dem Auto. Mario nickte freundlich, hob kurz die Hand, um Manuela zuzuwinken und schloss das Fenster. Während das Fenster sich schloss, schaute er nach links ob jemand kam, fuhr los und schaute noch einmal in seinen Rückspiegel. Wie eine Elfe erschien ihm Manuela: magisch und mystisch. Ein Universum, was er nicht kannte. Jetzt wollte er sich aber auf Johannes und den bevorstehenden Abend konzentrieren, denn dieser war ihm nah und berechenbar. Etwas, was ihm sexuell gesehen, keine Berührungsängste spüren ließ und dem er sich voll und ganz hingeben konnte. Mit voller Leidenschaft eben.

6. Das öffentliche Rendez-Vous mit queerem Ausgang

Es war halb neun, und Mario stand vor dem Eingang der »Paulos Kuschel Bar«. Er wartete auf Johannes und stellte sich abwechselnd von einem Fuß auf den anderen. Seine Hände in den Taschen. Er war schon etwas nervös, denn es war sein erster Besuch in einer LGBTQIA+ Bar. Jetzt war er der schüchterne Mario und nicht der selbstbewusste, wie er es in seinem Job als Informatiker war. Er schaute sich um: die Umgebung war voller bunter Leute mit bester Stimmung, obwohl es schon dunkel war. Er drehte sich um und schaute vom Eingang aus in den Raum hinein: alles kunterbunt wie bei einem Regenbogen. So schön stimmig und hell. Mario grübelte: »Soll ich auf Johannes warten oder doch schon rein gehen? Das Risiko ist mir zu hoch, dass wir keinen Platz mehr bekommen. Ich gehe lieber rein und warte an einem Tisch auf ihn.« Er schickte Johannes eine Whatsapp mit den folgenden Zeilen:

Mensch, Johannes. Wo bist Du? Warte schon sehnsüchtig auf Dich! Ich gehe schon mal rein. Bis gleich. Bussi.

Er bekam den letzten freien Tisch und reservierte ihn, indem er seine Jacke auf den Stuhl legte. Er holte sich einen Drink an der Bar und ging wieder auf seinen sicheren Platz zurück. Das Lied »Abenteuerland« von *Pur* aus dem Jahr 1995 ertönte. Er beobachtete die Leute, die in der Bar waren: bunt, freudig, heiter und keineswegs betrübt. Ein Typ an der Bar drehte sich um, lächelte Mario an, hob sein Glas und winkte im zu. Mario etwas peinlich berührt, hob ebenfalls sein Glas, zog dabei aber eine etwas ernstere Miene und winkte zurück. Für ihn war es eben das erste Mal, eine ganz neue Situation. Er sog aus einem Strohhalm den Gin Tonic aus seinem Glas. Ja, es war bitter in diesem Moment. So bitter, dass er sich lieber verkrochen hätte. Prompt kam jemand zu ihm. Es war Paulina. Sie war hochgewachsen, trug High-Heels, ein mit Pailletten besetztes rosa- und lilafarbenes Kleid, einen Bart und hatte lange, schwarze Haare. Blumige Clipohrringe trug sie ebenfalls. Sie war Schneewittchen und er der Zwerg. So jedenfalls fühlte er sich in diesem Moment.

»Na, mein Süßer, wohl ganz allein hier, was?«, fragte sie Mario. Es war nicht zu übersehen, dass sie »landen« wollte. Dieser verschluckte sich fast an seinem Drink, da er so tun wollte, als wäre er in sein Getränk vertieft und sähe Paulina nicht. Er antwortete trotzdem schnell und in einem hastigen Ton: »Eh, hallo. Nein, ich warte auf jemanden. Genauer gesagt, auf meinen Freund.« Seinen Freund? Er hatte Johannes immer nur als »Johannes« bei anderen erwähnt. Nun auf einmal bezeichnete er ihn als »seinen Freund«. »Na gut, dann warten wir doch am besten gemeinsam auf »deinen Freund«, sagte Paulina spitz und machte große, runde Augen dabei. Sie nahm den Stuhl, zog ihn zu sich heran und setzte sich Mario gegenüber. Sein Herz pochte und auch… aber den wollte er nicht groß werden lassen in diesem Moment und arbeitete an der sowohl psychischen als auch physischen Unterdrückung seiner Biochemie. Er hielt stand. Mario schaute Richtung Ausgang und dachte: »Johannes, komm doch endlich, bitte! Ich fühle mich hier etwas eingeengt«, und er zog kurz an seinem Hemdkragen und schluckte dabei einen dicken Kloss herunter, den er während der letzten Minute bemerkt hatte.

Paulina vernahm jede Regung von ihm und lächelte dabei so, als würde sie Marios Unbehagen amüsieren. Sie fand ihn wohl aufregend! Mario verstand ihre Körpersprache ganz genau und schaute sie mit großen Augen an. Sie sah an sich nett aus, und man konnte sich sicherlich gut mit ihr amüsieren, doch sie war ihm noch etwas fremd in ihrem Wesen und Auftreten. Paulina stützte mit der Hand ihr Kinn und lächelte Mario, wie eine Sonne an. Dabei klimperte sie mit ihren langen, schwarzen, künstlich angelegten Wimpern, sodass Mario ihre tiefblauen Augen erblickte. Sie waren sehr schön und außergewöhnlich. Wie eine Nixe erschien sie im auf einmal: mystisch und geheimnisvoll.

Johannes betrat die Bar und hielt nach Mario Ausschau. Dieser vernahm Johannes sofort und winkte ihm zu. Wie ein Hilfeschrei ähnelte dieses Winken, Paulina war von seinem Radius kurzerhand verschwunden. Johannes grinste und ging Richtung Tisch, als plötzlich ein wildfremder Mann zu Johannes kam und ihn fragte, ob er mit ihm tanzen wollte. Mario sah dieses Gespräch zwischen beiden, und Wut gepaart mit einem Hauch Eifersucht kochte in ihm hoch. »Lass meinen Johannes in Ruhe, sonst gibt es was!«, schoss es ihm durch den Kopf. Bei diesem Gedanken erschrak er, denn war es »sein Johannes«? Sie waren doch aktuell in einem wankenden und nicht festen Zustand. Wie konnte er nur denken, dass Johannes »sein« wäre? Es hätte in einem Drama enden können, doch Johannes wand sich von dem Mann ab und kam zu Mario und Paulina an den Tisch: »Hey, na, wenn haben wir denn da? Paulina, wie geht es Dir?«, fragte Johannes aufgeregt und beide gaben sich jeweils zwei Wangenküsse. »Gut und Dir, Jonny?«, fragte Paulina zurück, und Mario verstand die Welt nicht mehr. Diese Paulina nannte seinen Johannes, Jonny? Woher kam diese Vertrautheit? Hatte Johannes ihm etwas verschwiegen?

Mario sah die beiden beleidigt an. Johannes bemerkte es, setzte sich auf den Stuhl zwischen den beiden und wandte sich Mario zu: »Das ist Paulina.« »Weiß ich schon, danke!«, zischte Mario beleidigt zurück und verschränkte die Arme dabei. »Ach so ihr kennt euch schon?«, fragte Johannes irritiert. Seine blonden Haare fielen Mario jetzt auf: sie funkelten im Licht wie Engelshaar. »Na ja, nicht ganz. Wir haben uns nur Smalltalk gehalten und vergessen zu fragen, wie der jeweils andere heißt. Nicht wahr?«, fragte Paulina in einem leicht provokanten Ton. Die Stimmung war entspannt und doch schwebte ein kleiner Hauch von Reizung in der Luft. »Mario. Ich heiße Mario«, gab Mario zurück und gab Paulina die Hand. Beim Schütteln grinsten beide kurz. Mario schaute Johannes mit einem bösen Blick an. Der aber bekam es nicht mit, da er anfing mit Paulina zu reden. Woher kam diese Vertrautheit? »Also Mario damit Du Dich jetzt nicht wunderst, wieso ich Paulina kenne. Paulina gehört die Bar. Sie wusste, dass wir kommen. Hatte ich Dir ihn nicht gut beschrieben?«, fragte Johannes Paulina.

»Ach, Johannes, nur zu gut. Ich habe ihn sofort erkannt, als er reinkam. Er ist wirklich so süß wie Du ihn beschrieben hast. Aber noch etwas schüchtern, oder?«, kicherte Paulina mit der Hand vor dem Mund und blickte Mario dabei fest in die Augen.

Er war sich nicht sicher, ob ihre Frage als Angriff zu werten war oder nicht. Trotzdem verschlug es Mario nicht die Sprache: »Ehm ja, also es ist noch alles neu für mich. Es ist das erste Mal, dass ich mit Johannes aus gehe und dann gleich hierhin.«

»Ist doch gut? Dann seid Ihr doch unter Euresgleichen? Sehe kein Problem, oder?«, fragte Paulina und sah wirklich kein Problem. Sie fühlte sich wohl, da sie schon alles kannte und ihr nichts hier fremd war. »Ja schon. Wir werden uns schon gut amüsieren denke ich«, sagte Mario und legte seine Hand auf Johannes‘ Knie. Paulina verstand sofort und meinte etwas eingeschnappt: »Ich gehe mich mal um die anderen Gäste kümmern, falls Ihr was braucht… Ihr könnt mich nicht in diesem Dress übersehen. Schönen Abend Euch zwei.« Sie ließ es sich trotzdem nicht nehmen Johannes einen kleinen Wangenkuss zu geben, kurz Mario dabei anzuschauen und hämisch dabei zu lachen. Sie ging fort. »So, Johannes, woher kennst Du sie? Hattet Ihr mal was miteinander?« »Mario, entspann Dich. Ja, hatten wir. War ein ONS, nichts Besonderes. Sie ist nicht mein Typ. Du bist es!«, und bei diesem Satz lächelte er Mario an. Mario konnte bei diesem Lächeln nur dahinschmelzen, so butterweich war es. Er verzieh ihm prompt: »Na gut, mein Lieber. Ich vertrau Dir da schon!«

Sie küssten sich. Dies wohlverstanden an einem anderen Ort als in Marios Wohnung. Ihre Zungen berührten sich. Ein prickelndes Gefühl überkam Mario und schrie nach »mehr«. Die Leute tanzten um sie herum. Sie hörten nach zwei Minuten auf sich zu küssen, und Mario erblickte einen Mann, der etwas orientierungslos erschien. Dieser setzte sich an die Bar auf einen Barhocker. Johannes folgte jetzt Marios Blick und sagte: »Nanu ich glaube für den ist es auch das »erste Mal«. Mario nickte. Der Mann bestellte ein Getränk und blickte nervös durch die Gegend. Störte ihn was? Und wenn ja, was? Störte ihn das Umfeld? Er musste doch wissen, wo er war? Mario fragte Johannes: »Sollen wir zu ihm gehen?«. Johannes antwortete wie eine Rakete: »Oh ja, komm, wir helfen ihm.«

Die Musik stand kurz still und wechselte zu dem Song: »So Lonely« von *The Police* aus dem Jahr 1978. Beide gingen auf den Mann zu und begrüßten ihn. Sie kamen ins Gespräch. Der Mann hieß Benedikt, war 39 Jahre alt, also vier Jahre älter als Johannes, war Akademiker, hatte erst seit kurzem seine Homosexualität für sich entdeckt oder besser gesagt, dass er auch auf Männer stand, und so war es sein erster Besuch in einer bunten Bar. Er erzählte, dass er schon zweimal vor der Bar stand, aber sich zunächst nicht getraut hatte, diese zu betreten. Jetzt hatte er seine Scheu überwunden und war doch froh, hier zu sein. Johannes schaute Benedikt ganz verträumt an. Hatte er etwa etwas in den Drink getan bekommen? Er benahm sich in der Gegenwart Benedikts wie ein Kater, der Baldrian zu sich genommen hatte: im Himmelsrausch. Dies blieb Mario nicht unbemerkt, und wieder spielten seine Emotionen verrückt. Wieso machte Johannes dies bloß? War es sein Körper oder sein Kopf? Auf jeden Fall ging es Mario tierisch auf die Nerven. Johannes war nur noch Benedikt zugewandt. Beide redeten und lachten dabei. Mario hingegen saß starr wie eine Statue neben ihnen und lachte überhaupt nicht.

»Lebst Du hier?«, fuhr es aus Mario heraus. Seine Miene war so zornig, so dass Benedikt nicht mehr lachte, ihn etwas ängstlich anschaute, und doch geschwind antwortete: »Ja und nein. Arbeiten tue ich hier, leben tue ich in Brakel.« »Ahso«, sagte Mario beruhigt, obwohl er für ihn eine ernstzunehmende Konkurrenz darstellte. »Mario was ist denn mit Dir los, geht es Dir nicht gut?«, fragte Johannes und war sichtlich genervt. »Nein, alles in Ordnung. Ich gehe kurz nach draußen. Frische Luft schnappen tut mir denke ich gut. Es ist einfach etwas zu viel für mich«, beruhigte Mario Johannes, stand auf und ging schnell heraus.

»Ich wollte ihn nicht vergraulen…«, sagte Benedikt vorsichtig. Johannes schaute kurz nach hinten Richtung Ausgang und beruhigte Benedikt dann mit seiner sanften Stimme: »Ach tust Du nicht. Ich weiß nicht was er heute hat. Ist auch sein erstes Mal hier. Vielleicht deswegen. Er ist schon etwas angespannt. Aber keine Sorge nicht wegen Dir«, und legte seine Hand auf die von Benedikt. Mario konnte das von Draußen deutlich sehen und war fuchsteufelswild. »Was fällt ihm eigentlich ein? Kommt er klar? Es war abgemacht, dass wir beide hier einen schönen Abend miteinander verbringen und jetzt flirtet er fremd. Dieser Dachshund! Echt! Na warte, wenn wir wieder zuhause sind, dann kannst Du was erleben mein Freund. Das schwör ich dir!«, brodelte es in Marios Kopf, und sein Blick verfinsterte sich.

Zu seiner rechten Seite stand auf einmal Paulina. »Oh nein! Nicht die schon wieder! Habe ich denn heute Abend nicht schon genug Ärger?«, spukte es in Marios Kopf. »Na, Süßer. Wie wäre es denn mit uns beiden heute Abend«, legte Paulina ihren Zeigefinger auf Marios Brust und blickte ihn dabei erotisch an. »Keine Zeit!«, platzte es aus Mario heraus, obwohl eine Körperregion etwas weiter runter was ganz anderes meinte. »Ach, komm, lass die beiden. Amüsiere dich stattdessen mit mir. Was ist schon dabei? Sie haben ihren Spaß und wir unseren. Dann sind wir doch alle quitt. Oder nicht?«, fragte Paulina und fasste ihm an den Bauch.

Marios Speichel lief in seinem Hals herunter und er musste einmal ordentlich schlucken. Links neben ihnen knutschten zwei Pärchen miteinander rum und rechts zwei Männer. Paulina nutzte diese Situation hemmungslos aus, indem sie Mario am Arm nahm und ihn an die Mauer stellte. Sie küsste ihn schnurstracks, und jetzt konnte er seine tiefere Region auch nicht mehr beherrschen. *Habet et debere!*[1] Ob es dieses Ritual in der Geschichte jemals gab? In diesem Moment auf alle Fälle. Wie ein Vulkan schoss es empor. Paulina packte ihn jetzt genau dort, und er war wie gefesselt. Einerseits wollte er mehr, andererseits wollte er, dass es endete.

Er stieß Paulina weg: »Hey geht es noch? Habe ich danach gefragt?«, sagte er erschrocken. »Ehm nein, aber ich dachte Du wolltest… Schade, schmeckst gut«, lachte Paulina. Mario wusste nicht, ob er ihr eine knallen sollte, aber er war absolut nicht für Gewalt. Sowohl psychische als auch physische. Sie hatte eiskalt seinen kurzen, schwachen Moment ausgenutzt, um zu ihrem zu kommen. Was er ihr

---

1 Entschuldigen Sie mich, verehrte Gelehrte und Heilige, ich habe es mit dem Latein nicht so… Ich denke den Sinn dahinter versteht man trotzdem. ;)

aber nicht ganz übelnahm, denn sie schmeckte und roch für ihn angenehm. Er schüttelte sich kurz: »Ich kann es nicht fassen! Bitte lass mich in Ruhe! Ich bin mit Johannes hier und nicht mit dir. Verstanden?«, fuhr Mario Paulina an. Diese hingegen lächelte ihn zynisch an, ging einen Schritt nach hinten und zeigte dann mit ihrem Kinn Richtung Johannes und Benedikt: »Na schau mal! Die beiden tun jetzt genau das Gleiche wie wir. Ging aber schnell bei den beiden findest Du nicht?«, und verschränkte ihre Arme dabei.

Mario drehte sich um und schaute schief in den Eingang hinein. »Unfassbar«, sagte er und griff sich mit einem Arm an den Kopf. »Und dann willst Du braves Mäuschen spielen? Mario das hast Du doch gar nicht verdient. Komm wir amüsieren uns… Hier und heute. Lassen uns gehen, verschmelzen ineinander. Samen an Samen, bis nichts mehr vorne und hinten übrigbleibt. Komm schon«, drängte Paulina ihn und zog an Marios Arm. Dieser war so benebelt und geschockt, dass er nicht einmal mitbekam, dass Paulina an seinem Arm hing.

Er schaute dem Kuss bestimmt eine Minute fassungslos zu, ehe er antwortete: »Nee lass mal gut sein. Die Party ist heute für mich zu Ende! Ich gehe. Schönen Abend noch! Falls Du mit Johannes noch ein Wort wechseln solltest, sage ihm, er kann bei sich übernachten. Meine untere Region ist für ihn heute Nacht gestrichen!«, und ging weg. »Eh hey, stopp! Ok mache ich«, rief ihm Paulina nach. Mario ging nach Hause.

Es fing an zu regnen. Seine Beine fühlten sich wieder einmal wie Wackelpudding an. Er weinte, denn er war so enttäuscht. Er liebte Johannes, dass wusste er jetzt ganz genau, denn sonst wäre er nicht so enttäuscht und wütend über Johannes' Aktion gewesen. Wie ein Hund, den man getreten hatte, fühlte er sich. Sein Bauch tat weh. Kein Tee der Welt hätte diesen beruhigen können heute Abend, so weh tat er! Lavendel, Fenchel, Kamille… Nichts konnte diesen Abend mehr retten. Jetzt zog ein Schmerz über sein linkes Bein. Ein Krampf. Seine Bewegungen taten weh und er musste sich dadurch kämpfen. Alles nur wegen diesem blöden Johannes!

Die Liebe ist so spannend wie ein Ozean. Aber aufgepasst! Nicht jeder überquert ihn, ohne in diesem unterzugehen!

7. Die Muppet Show-Überraschung in der Bäckerei Sesamstraße

Es war Sonntagmorgen. Mario hatte schlecht geschlafen, da er dauernd das Bild im Kopf hatte, wie Johannes Benedikt geküsst hatte. Jeder Gedanke an Johannes erfüllte ihn mit Schmerz und Trauer. Wie konnte er ihn nur so hintergehen? »Dring, dring«, ertönte es. »Wer ist das denn? Um diese Uhrzeit am Sonntagmorgen?«, fragte sich Mario und seufzte. Er blieb im Bett liegen. »Bestimmt irgendein Spinner oder noch viel schlimmer: Johannes! Nee für den stehe ich sicher nicht auf. Der kann warten, bis ich Geburtstag habe und der ist erst im nächsten Monat. Der kann mich mal kreuzweise!«, dachte sich Mario und machte die Augen wieder zu. Sein Telefon klingelte. »Oh dieser… jetzt werde ich es ihm zeigen!«. Mario hob mit einer unfreundlichen Stimme ab: »Johannes lass mich in Ruhe! Das gestern hat mir schon gereicht! Du bist echt ein Eierbär! Hast Du schon auf die Uhr geschaut? Du hast doch nicht mehr alle Tassen im Schrank!«.

»Eh erstmal ein guten Morgen Dir gewünscht, Mario. Ich bin nicht von gestern auf heute zum Mann geworden, so schnell geht eine Umwandlung dann doch nicht. Hier ist Manuela, und ja, ich weiß wieviel Uhr es ist und zwar genau halb neun.« »Hä wie?«, dachte sich Mario und schaute auf seinen Wecker der halb acht anzeigte. Jetzt ging ihm ein Licht auf: »Oh, die Zeitumstellung, stimmt´s? Sorry, total vergessen. Moment ich mache Dir auf. Sorry, ich dachte echt Du wärst Johannes…« »Und ich dachte, Johannes wäre bei Dir, und ich würde kommen und euch zu einem Kaffeebesuch einladen. So als kleine Überraschung«, meinte Manuela mit einer etwas ungeduldigen Stimme.

»Ja Moment, ich komme… ich komme Dir die Tür aufmachen. Oh… Komme Moment.« Mario legte auf, gähnte, streckte sich einmal, stand auf und ging zur Haustür. Manuela stand schon gebannt vor der Tür, doch als sie Mario erblickte fiel ihr nur ein: »Wie siehst Du denn aus? Total zerzaust. Ist was passiert? Hattest Du Streit mit Johannes?« »Ehm ja, das kann man so sagen… Er hat einen anderen Mann gestern geküsst, und ich bin total fertig deswegen. Ich weiß echt nicht, wohin mit mir«, und vergoss eine Träne dabei. Manuela nahm ihn kurzentschlossen in den Arm und drückte ihn fest an sich. Für Mario fühlte sich dies in einer misslichen Lage gut an: warm und geborgen war Manuelas Umarmung. Sie ließ ihn wieder los und schaute ihn an: »Mario! Das tut mir leid. Das ist super schmerzlich für Dich, ich weiß das. Komm zieh Dich an und dann gehen wir einen Kaffee trinken, das bringt dich auf andere Gedanken!«.

Mario nickte nur und ging sich anziehen. Manuela wartete vor der Tür. Sie hatte sich darauf gefreut, mit Johannes und Mario Kaffee trinken zu gehen, und Johannes, von dem Mario immer so geschwärmt hatte, endlich kennen-lernen zu dürfen. Jetzt war alles anders. Sie war auf einen völlig aufgelösten Mario gestoßen, dessen Augen so unendlich traurig aussahen. Seine schönen, braunen Augen. Nach etwa sieben Minuten war Mario fertig angezogen. Sie gingen zu Manuelas Wagen und stiegen ein. Manuela fuhr. Sie fuhren nach Brakel, was Mario noch mehr an gestern erinnerte.

»Hier kommt doch dieser Schuft her, der mir meinen Johannes weggenommen hat«, glitt ihm durch seine Synapsen. Mario sagte keinen einzigen Ton im Auto, und Manuela war es auf einer Seite recht, denn sie drückte sich etwas, um die momentane Verfassung von Mario anzusprechen. Sie wusste nicht, wie sie anfangen sollte, denn so stark Mario auch war, so sensibel war er, und sie wollte ihn nicht verletzen! Manuelas Auto hielt vor einer Bäckerei. Mario schaute aus dem Fenster auf das Schild, das über der Tür der Bäckerei hing, an und las: *»Bäckerei Sesamstraße: frisch und unwiderstehlich*«.

So fühlte er sich zurzeit in seinem Leben: Wie in einer Sesamstraße. Frisch und unwiderstehlich hingegen fühlte er sich momentan nicht, eher müde und ausgelaugt. »Na komm! Gehen wir etwas trinken und reden. Das bringt Dich auf andere Gedanken!« meinte Manuela und stieß Mario mit der Hand dabei. Der Stoß versetzte seinem Körper nur eine leichte Vibration, mehr nicht. »Mhhmm, machen wir«, antwortete Mario lustlos. Manuela lächelte ihn an, was er nicht mitbekam. Beide stiegen aus, betraten die Bäckerei und gingen an die Theke.

Die Bäckereifachverkäuferin erwartete sie schon sehnsüchtig: »Guten Morgen, was soll es denn sein?«. Bei diesem Satz schaute Mario die Verkäuferin an und dachte sich: »Ja was soll es denn sein?«. Mario wusste zwar, dass er Liebeskummer hatte, aber wie sollte er den bitte wegbekommen. Er stand resigniert da. Manuela bekam Marios Benommenheit mit und entschloss sich kurzerhand als Erste zu bestellen: »Guten Morgen. Ich hätte gerne einen Minze Tee, eine Laugenstange, ein Stück von diesem cremigen Schokoladenkuchen und ein Stück von diesem köstlichen Himbeerkuchen, bitte.« Marios Gedanke daraufhin war: »Wie soll sie wissen, dass dieser Himbeerkuchen köstlich schmeckt. Sie hat diesen sicher noch nie im Leben gekostet, denn Manuela mag erfahrungsgemäß keine Himbeeren. Woher dieser Sinneswandel?«

Er war durcheinander, vielleicht verrückt? Die Verkäuferin sah Mario, der noch immer wortkarg vor ihr stand, fragend an. »Mario Du bist dran, was möchtest Du?«, fragte Manuela mütterlich und stieß ihn erneut in die Seite. Er schüttelte kurz den Kopf und meinte: »Eh, Entschuldigung. Einen Kaffee und ein Sesambrötchen mit Käse drauf, bitte, und eine frische Waffel. Bitte.« »Gerne«, antwortete die Verkäuferin und bereitete alles vor. »Setzen Sie sich ruhig schon. Ich bringe Ihnen dann alles«, forderte sie Manuela und Mario auf. »Danke«, sagte Manuela in einem freundlichen Ton, und beide gingen an einen Tisch. Mario fühlte sich wie ein Geist - auf jeden Fall wäre er gerne einer gewesen, dann würde ihn keiner sehen, so schlecht fühlte er sich. »Ach, Mario, was machen wir nur heute mit Dir? Was ist denn passiert? Erzähl ruhig. Ich habe Zeit und ein offenes Ohr«, meinte Manuela und umklammerte mit ihrer Hand eine Hand von Mario die auf dem Tisch lag.

Mario schwieg eine Minute lang. Die Verkäuferin kam an den Tisch und brachte die Sachen: »So, das wären dann 18,55 Euro für Sie.« Manuela zückte einen 20-Euro-Schein heraus. »Stimmt so!« »Danke!«, sagte die Verkäuferin mit dem freundlichen Gesicht und verschwand wieder hinter ihrer Ladentheke, weit entfernt von Manuela und Mario. Nach einem Schluck von dem Kaffee fuhr es aus Mario heraus: »Ach, Manuela… mit Johannes, ich weiß nicht. Als er diesen Kerl gestern geküsst hat. Ohnmächtig und ängstlich war ich, einfach wütend!«.

Mario pausierte kurz und sagte etwas kleinlauter: »Wenn wir einen Dreier mit einem anderen Mann gehabt hätten, was vorher abgemacht gewesen wäre, ok. Aber nicht, dass er einen anderen bis dato wildfremden Mann ohne meine Erlaubnis küsst! Und dass bei meinem ersten Mal in einer solchen Bar. Dieser Schuft! Soll sich was schämen!«. Ihm liefen die Tränen herunter. Manuela biss sich kurz auf die Lippen, nahm den Teebeutel aus der Tasse, nahm einen Schluck Tee zu sich und meinte: »Eh, ja, na gut. Seid Ihr den jetzt fest zusammen? Dachte, es sei eher so eine Freundschaft mit gewissen Vorzügen, bei der noch jeder tun und lassen kann was er möchte? Oder wie ist das jetzt bei Euch geregelt?«.

Mario antwortete emotionsgeladen: »Ja… nein... ach ich weiß nicht! Es ist chaotisch glaube ich. Das trifft es denke ich recht gut. Ich habe Gefühle für ihn, und zwar sehr intensive! So was habe ich noch nie für einen Mann gefühlt! Dieser Wuchs, diese Kraft mit so viel Bedacht.« »Erinnert mich etwas an das Lied von *Margot Werner*«, fiel Manuela ein, doch sie schaute Mario nur tiefgründig an und schwieg.

Mario schaute sich um: Manuela und Mario waren bis auf zwei Pärchen, die weit genug von ihnen weg saßen, um ihre Gespräche nicht lauschen zu können, die einzigen Besucher, die in der Bäckerei saßen die Zeugen hätten werden können von ihren intimen Gesprächen.

Marios Blick war wieder auf Manuela gerichtet und diese sagte zu Mario: »Ach, Mario! Manchmal ist das mit den Männern nicht so einfach! Wie das Leben ebenso ist! Mit einigen Risiken und Komplikationen verbunden.« Mario brachte ein kleines Lächeln über seine schmalen Lippen. Dies freute Manuela sehr. Ein Gast kam in die Bäckerei herein. Mario drehte sich um und konnte seinen Augen nicht trauen: Es war Benedikt. Mario zog seine Augenbrauen zusammen und schaute erstaunt. Was zum Teufel machte er hier? Was fiel ihm ein? Mario konnte ja nicht wissen, dass … Benedikt ging zur Verkäuferin hinter der Ladentheke und küsste sie auf den Mund. »Was erlaubt der sich eigentlich, immer wieder fremde Menschen zu küssen? Was für ein Casanova! Bei dem piept es doch! War das gestern nicht schon genug? Wild rumknutschen, das haben wir gern«, war der erste reflexartige Gedanke von Mario.

Er hörte, wie die Frau in einer freudigen Stimme zu Benedikt sagte: »Ich Dich auch, mein Schatz.« Manuela verfolgte die Gesichtszüge und Körperreaktionen von Mario ganz genau, und sie konnte das Ganze, das da vor sich ging, nicht so recht einordnen. Marios Kopf hingegen schon. Er hatte ja die besseren Vorkenntnisse über das, was sich gerade abspielte. Das musste Benedikts Freundin oder Frau sein. Er drehte sich wieder zu Manuela hin, die schwieg, da sie verstanden hatte, dass es jetzt besser war den Mund zu halten und später erst nachzufragen. »Wo sind die Kinder?«, hörte Mario Benedikt die Frau fragen und konnte die Stimme Benedikts wiedererkennen. Er hatte ein sehr gutes Gedächtnis, was Sprachen anging. Marios Gesicht sah grimmig aus, was Manuela nicht übersah. Jetzt schaute auch sie zu dem Paar.

»Sie sind bei Oma Hilde. Du kannst sie gerne abholen gehen, Du guter Papi!«, grinste die Verkäuferin und Benedikt antwortete ebenfalls grinsend: »Und Du die beste Frau und Mutter der Welt! Ich gehe sie mal abholen und fahre mit ihnen ins Schwimmbad.« Er gab ihr einen Kuss. Mario hingegen grinste nicht und platzte fast vor Wut, was man an seiner geballten rechten Faust auf dem Tisch erkennen konnte. Was fiel diesem Benedikt eigentlich ein? Zuerst küsste er vor Marios Augen Johannes, log diesen dann dreist an, dass er Single wäre, denn Johannes würde nie etwas mit einem vergebenen Mann anfangen, dafür war er dann doch zu brav, und jetzt hatte Benedikt, wie es schien, doch eine Frau und wohl auch noch Kinder. Das ging in seinen Augen nicht!

Mario drehte sich mit seinem Stuhl um und schaute zu Benedikt, welcher beim Hinausgehen Mario erblickte. Mario sah ihn süffisant an und verschränkte dabei seine Arme. Benedikts Blick erstarrte kühl und ängstlich. Er hatte sicherlich nicht damit gerechnet, Mario ausgerechnet hier anzutreffen. In der Bankfiliale in Paderborn schon eher, da Benedikt dort als Filialleiter arbeitete, aber hier in Brakel? Seine Frau bekam, anders als Manuela, von alldem nichts mit, da sie kurz in der Küche verschwunden war. Er übersah nicht, dass Mario von Benedikts Unehrlichkeit gegenüber seiner Frau nicht besonders erfreut schien und ihm scharf in die Augen blickte. Er würde ihn doch sicher nicht bei seiner Frau verpfeifen, oder doch? Sollte er sich stellen? Kam dann eine Trennung oder nicht? Wie würde seine Frau darauf wohl reagieren? Würde sie wirklich die Scheidung einreichen? Die ArbeitskollegInnen, Familie, Freunde, was würden sie alle dazu sagen? Vielleicht war seine Homosexualität nur eine Phase und nichts Endgültiges, und dann hätte er seine Familie aufs Spiel gesetzt, nur weil er nicht mit seiner Frau gesprochen und ihr mitgeteilt hatte, dass er sich nach Männerkörpern sehnte, und sie von dieser Unehrlichkeit ihr gegenüber so tief erschüttert gewesen war. All diese Gedanken gingen Benedikt schlagartig durch den Kopf und führten zu einem regelrechten Gedankenchaos, welches sich zu einem unübersichtlichen Trümmerfeld in seinem Gedächtnis breit machten. Benedikt, so konnte man sagen, stellte jetzt, wie es Mario am Abend davor tat, die Statue dar. Nur mit dem Unterschied, dass Benedikt, anders als Mario gestern, nun stand und die Schritte auf Mario zu bewältigen musste. Er schaffte es trotzdem, zu Mario hinzugehen, wenn auch mit einer sehr unsicheren Körperhaltung.

Benedikt sagte mit einer sehr schwachen, nahezu gebrochenen Stimme: »Hey, Mario. Wie geht es Dir?«, und stotterte etwas dabei. Ja wie ging es ihm wohl? Vor ihm stand derjenige, der gestern seinen Johannes geküsst hatte und der das mit einer solchen Leidenschaft getan hatte, dass Mario die ganze Nacht kein Auge zu bekam, da er immer wieder diesen Kuss verbunden mit seiner Wut vor Augen hatte. »Oh, recht gut, würde ich sagen. Es ist gut, dass wir uns heute Morgen gesehen und ich hier eine Erkenntnis über Dich gewonnen habe, die nicht uninteressant ist. Ich denke nicht, dass sie und die Kinder ein Ausrutscher sind, nicht wahr?«, sagte Mario und verwies mit seinem Kopf Richtung Küche.

Benedikt verstand sofort, was Mario meinte und flehte diesen quasi an: »Du, Mario. Ja es ist meine Frau, und ich wäre froh, wenn es unter uns bleiben würde, ja?«. Benedikt schaute kurz nach hinten, um zu schauen, ob seine Frau, die übrigens Ursula hieß, nichts von der Unterhaltung mitbekam. Leider bekam sie von der ganzen Unterhaltung nichts mit. Manuela hingegen bekam alles mit und verstand auch, anders als am Anfang, um was es ging. Sie konnte nur den Kopf schütteln. »Keine Sorge. Es bleibt unter uns. Ich will keine Familie kaputt machen!«, sagte Mario in einem etwas bestimmten Ton.

»Oh puh! Vielen Dank! Ich muss die Kinder… eh abholen. Bis dann«, meinte Benedikt hastig, griff sich mit der linken Hand an die Brust, ging aus der Tür raus, stieg in seinen BMW und fuhr schnell davon. Mario drehte seinen Stuhl wieder Richtung Manuela, die die Unterhaltung gebannt verfolgt hatte. Die Frau hatte von dem Gespräch, das ihr Mann mit dem Fremden geführt hatte, überraschenderweise nichts mitbekommen. »Na Donnerwetter. Mein Gefühl sagt mir, dass das der Typ ist, mit dem Johannes rum gemacht hat, nicht wahr?«, fragte

Manuela etwas baff. »Ja, meine liebe Manuela, Du hast es richtig erfasst. Das ist der… der Schuft! Ihm habe ich es zu verdanken, dass ich nicht gut drauf bin!«, meinte Mario und nahm einen Schluck von seinem Kaffee.

Manuela reagierte blitzschnell mit den Worten: »Ach krass, was für Zufälle es gibt! Die Frau muss eigentlich aufgeklärt werden. Das geht ja gar nicht! Auch wenn es eine andere Frau gewesen wäre, sie hat ein Recht darauf, es zu erfahren. Schließlich muss sie wissen wer er ist, mit wem sie es zu tun hat. Ist ihr Recht!« Manuela überlegte nun mal aus der Perspektive einer Frau, die hintergangen wurde. »Ja, egal welches Geschlecht, ob Mann, Frau, soziales Geschlecht, piep-egal. An sich müsste sie es erfahren, aber ich denke es würde sie schon schockieren, wenn sie wüsste, dass er überhaupt fremd gegangen ist. Dies auch noch alles mit einem Mann… da würde sie sicher in diesem christlichen Dorf von der Rolle fallen. Eine Welt würde untergehen und dann noch die Kinder… Nein, besser ist es zu schweigen. Es geht nur sie beide was an. Ich halte mich da raus! Für mich zählt nur, dass er Johannes in Ruhe lässt! Meinen Johannes! Mehr will ich gar nicht!«, meinte Mario, und ein Lächeln kam ihm über die Lippen.

»Also trittst Du dem nicht auf den Schwanz? Na gut, wie Du meinst…«, stimmte Manuela etwas enttäuscht zu. Mario war jedenfalls im Vergleich zu vorher wie ausgewechselt: »So, ich würde sagen, wir frühstücken zu Ende, und dann gehen wir. Ich habe die Schnauze ehrlich gesagt gestrichen voll von dieser ganzen Muppet Show, welche gestern und heute früh stattfand. Ich brauche nur noch eines heute: Ruhe und Schlaf! Danke übrigens, Manuela…« Mario stoppte kurz und nahm Manuelas Hand, »dass Du mich heute Morgen abgeholt hast und darauf bestanden hast, Kaffee mit mir trinken zu gehen. Ich habe eine neue Erkenntnis hier gewonnen, die mir sicherlich weiterhelfen wird. Ich bin übrigens auch besserer Laune, als ich es vorhin war. Danke! Du bist wirklich mein Vitamin B im Moment. Danke, danke!«

»Keine Ursache. Immer gern! Morgen bist Du dann dran, wenn ich das Gespräch mit meinem… hmmm… Liebhaber oder Chef? Ach jedenfalls, wenn ich mit Ernst das Gespräch geführt habe«, sagte Manuela, und Mario konnte sich ein kleines herzliches Lachen nicht verkneifen. Übrigens hatte Manuela nicht sich, sondern Mario das Stück Himbeertorte bestellt, weil sie wusste, dass er Himbeeren sehr mochte, und reichte ihm somit den Teller rüber, was ihn sehr freute. Als kleine Aufmunterung eben. Auch wenn es nur eine Kleinigkeit war, half es Mario in diesem Moment ungemein, wieder besser gelaunt zu sein, da er diese kleine Geste als eine Art Zärtlichkeit wahrnahm.

Sie aßen und tranken alles auf, und beim Verlassen der Bäckerei, schaute Mario die Verkäuferin noch einmal genauer an: eine freundliche, aber über ihren Mann unwissende Frau, besonders was dessen Sexualität anging.

Draußen sagte Mario noch einmal zu Manuela: »Manuela? Du bist wirklich mein Vitamin B, wenn auch nur platonisch. Es regt sich beim Gedanken an Dich und Deinem Körperbild in meiner Hose leider nichts. Es kommen keine romantischen, sexuell aufgeladenen Gedanken in mir hoch, wenn ich an Dich denke. Tut mir leid.« Manuela verstand Marios Witz und lächelte darüber. Das war eben Mario!

Manuela grübelte dann ein wenig über das Vitamin B-Präparat und über seine Verabreichung: »Bei einer Mangelversorgung mit Vitamin B müsste die Frau an sich nur die Hälfte des Präparates wegen ihres Geschlechts und dem damit verbundenen Gewichts zu sich nehmen, oder? Sagt jedenfalls die Gender-Medizin. Mario als Mann hingegen bräuchte dann trotzdem noch die volle Dosis, auch wenn er jetzt keinen Waschbrettbauch hat. Dafür hat er einen kleinen Anpackbauch, was auch sympathisch ist und war! Die Männer heutzutage haben es auch nicht immer so leicht, dank *Social Media*, sich in ihrem Körper wohl zu fühlen. Mario, das weiß ich, ist auf dem guten Weg dahin!«. Dies bekam Mario alles nicht mit, denn Manuela schwieg über ihre Gedanken.

Das Urvertrauen musste in Mario geweckt werden, so dass er die Welt als einen für ihn sicheren Ort einstufen konnte. Einen Teil zur Sicherheit musste die Gesellschaft aufbringen, den anderen Teil er selbst. Zugang zu einem Sicherheitsgefühl musste er bekommen, das war wichtig zur Entfaltung seiner Persönlichkeit mit allem was dazu gehörte. Der passende Schlüssel fehlte ihm noch, aber er würde ihn sicherlich bald finden.

8. Johannes Besuch und Marios Lust am Abgrund

Mario war gegen elf Uhr dreißig Zuhause angekommen. Er fühlte sich so schlapp und müde. Der Schockmoment von gestern hatte sehr an seinen Nerven gezerrt. Er zog seine Schuhe im Hausflur aus, seine Jacke mit Schal hängte er auf einen Kleiderhaken an der Flurwand auf und gähnte dabei. Seinen kratzigen Pullover, wieso er dieses Ding nicht schon längst in die Altkleidersammlung verbannt hatte, blieb ihm ein Rätsel, zog er über seinen Kopf und schmiss diesen auf einen anderen Flurhaken. Er ging nun Richtung Schlafzimmer und zog sich in diesem aus.

Zuerst befreite er den Gürtelhaken aus dem Loch, so dass er seine Gürtelschnalle öffnen konnte und seinen Lederriemen von seiner Hose herausziehen konnte. Alles mit seiner rechten und linken Hand. Er legte den Gürtel auf einen Stuhl der im Schlafzimmer stand. Die erste Etappe war geschafft! Nun widmete er sich seiner Hose. Er legte dabei Hand an, öffnete Knopf und Reißverschluss, was dazu führt, dass die Beule leicht hervorkam und zu sehen war. Einige stolze Zentimeter waren es. Jetzt nachdem es sichtbar war, zog er seine Hose mit einem Ruck zuerst über das eine, dann über das andere Bein, sodass er nur noch mit Hemd, Socken und

Unterhose dastand. Bei einer Frau wäre es deutlich mehr gewesen, oder?

Die Hose schmiss er, wie den Gürtel zuvor, auf den Stuhl. Nun widmete Mario sich seinem Hemd. Er knöpfte von unten bis oben vorsichtig alle Knöpfe auf, sodass seine starke Männerbrust zum Vorschein kam, welche mit einigen, vom Rasieren übrig gebliebenen Haaren, versehen war. Etwas Haar für die Erotik war nicht schlimm, dachte sich Mario jedenfalls. Zuviel Haar hingegen, verdarb. Er war mit seiner Brust auf alle Fälle sehr zufrieden. Er rieb sich mit seiner rechten Hand kurz über seine Brust und die Hand wanderte auch Richtung… aber er fing sich auf und ging mit seiner rechten Hand zu dem linken Arm Knopf, den er ebenfalls, so wie die Knöpfe zuvor, öffnete.

Nun nahm er die linke Hand und tat das gleiche auf der rechten Seite, sodass er mit Schwung nach hinten sein Hemd über beide Arme runterziehen konnte. Er warf das Hemd auf den nun vollen Stuhl. Im Fokus stand für ihn nun sein Bett. Die Bettwäsche war in einem hellblauen Ton mit rosa Blüten obendrauf. Das Laken hingegen war langweilig braun. Er wollte gerade sich hinlegen, als es an der Tür klingelte. Mario dachte sich müde und genervt: »Wer ist das denn schon wieder? Gibt denn heute keiner Ruh?«, und wollte sich wieder seinem eigentlichen Vorhaben widmen, doch die Klingel gab keine Ruh.

Etwas eine Minute lang klingelte es ununterbrochen. Mario entschied sich nachzusehen, zog seinen Pulli und eine Jogginghose im Flur an. Er ging wutentbrannt und energisch an die Tür. Er öffnete sie und was sah er da? Johannes mit einer Champagnerflasche in der Hand. Mario wollte ihm zunächst die Tür vor der Nase zuknallen, aber Johannes brachte noch Pralinen in seiner linken Hand hervor. Mario liebte Pralinen! Johannes wusste dies ganz genau. Er nutzte den Augenblick und ergriff die Chance, den ahnungslosen Mario von vorne zu überfallen. Mario erreichte Johannes Mitteilung prompt an den Lippen. Mario wehrte sich nicht, er ließ es zu. Was für ein Traum!

Johannes und Mario schafften es bis ins Schlafzimmer, ohne dass einer von beiden straff stand. Soviel Beherrschung musste sein! Ein kleines Vorspiel wäre ratsam gewesen, doch die Emotionen kochten rasch hoch. Mario, voller Enttäuschung über Johannes zuvor, ließ sich nun von diesem abknutschen und schlecken. So wie es bei Frau und Mann auch durchaus vorkommen konnte. Er wollte es so sehr! Er vergaß in dem Moment alles, was Johannes ihm gemeinsam mit Benedikt angetan hatten. Die ganze Bandbreite der Gefühle kam hervor. Doch Mario schaffte es, diese zu kanalisieren und das Kuschelhormon Oxytocin siegte. Johannes war der Herr im

Bett, denn er lag über Mario. Nun merkte Mario wie Johannes Hand seinen intimen Bereich erreichte.

Mario atmete tief und zittrig aus. Johannes grinste etwas und schaute Mario dabei in die Augen. Mario wurde langsam rot im Gesicht und schaute runter. »Zieh dich aus!«, befahl Johannes und Mario schaute ihn wieder an. »Langsam!« Mario zögerte etwas. Das Gefühlschaos in ihm, verursacht durch Johannes, hinderte ihn beim Ausziehen und er dachte zwei Sekunden nach. Johannes dauerte das zu lange und er riss Mario die Hose herunter. Nun war Marios blanker Hintern frei. Mario war etwas erschrocken, doch seine naturdevote Art starker Männer gegenüber brachte ihn nur dazu, das Gefühlschaos endgültig hinter sich zu lassen.

Er strecke seinen runden prallen Hintern heraus. Johannes hielt mit einem Arm Marios Arme hinter seinem Rücken fest, so dass er selbst noch eine Hand frei hatte und er presste Mario an die Wand. Mario spürte die pralle Beule von Johannes am Hintern und den Atem am Ohr. Endlich sprach Johannes: »Du hast zu tun, was ich sage und wann ich es sage! Verstanden?«

Mario nickte. Nicht wissend, dass es Johannes nicht ausreichte. Es klatschte. Die flache Hand von Johannes landete mit einem Knall auf dem Hintern von Mario. Mario stöhnte laut auf. »Das hat vielleicht damals bei den Frauen geklappt als Du dachtest Du seist Hetero und ein Alphamännchen, doch das bist Du jetzt nicht mehr!«, kommentierte Johannes. »Du bist homosexuell und eindeutig ein Beta Bottom. Also…«, fuhr er fort. »Hast du verstanden? Antworte!« Mario antwortete ohne zu zögern jedoch leise, unterwürfig und schon fast flüsternd: »Ja, mein Herr. Ich habe verstanden.«

Johannes grinste wieder. »Gut!« Es klatschte wieder. Mario warf den Kopf zurück und stöhnte laut auf. Als er das Gesicht wieder an die Wand legte, schaute er nicht mehr nach rechts, sondern nach links. Er bemerkte, dass er in dem Moment direkt durch das Fenster auf die Straße schauen konnte. Ihm fiel ein, dass man genauso gut von der Straße aus hineinschauen konnte. Ihm wurde kurz schwindelig, denn dann hätte man ihn mit roten Backen in Kontrolle eines starken Alphamannes sehen können. Der Gedanke ließ ihn kurz aufschrecken, jedoch erregte ihn der Gedanke noch mehr. Mario streckte weiter den Hintern raus.

»Du sagst, dass du verstanden hast und doch machst du keine Anstalten dich nun langsam vor mir auszuziehen. Ich fordere das sogar von Dir!« Johannes drehte Mario nun etwas rüpelig, so wie Männer unter Männer nun mal sein konnten, um, so dass sie sich anschauen konnten. Er bereitete Mario an einer Stelle am Hals besonders Lust. Mario zog langsam die Hose runter, soweit es eben ging, währendem Johannes ihm oben weiter Lust bereitete. Er küsste und schleckte Mario am Hals, bis er ihm seinen Daumen in den Mund legte. Naturgemäß fing Mario an zu saugen.

Johannes lachte. »Der Beta-Homo-Reflex«, sagte er. »Während Mario weiter saugte, fuhr Johannes fort: »Wie konntest du jemals denken, Du seist Hetero? Das warst Du nie und Du wirst es nie werden. Dafür bist du viel zu geil auf Männer und deren Pakete, stimmts?« Johannes nahm den Daumen aus Marios Mund. »Ja, mein Herr«, bestätigte Mario Johannes Aussage, der offensichtlich dazugelernt hatte. Johannes war dennoch nicht zufrieden und verpasste Mario eine kleine Ohrfeige. »Sag es!«, befahl Johannes. »Ich…«

Mario kämpfte etwas mit sich, fasste jedoch schnell seinen Mut. »Ich bin ein Homo und werde es immer sein. Ich stehe kein Stück auf Frauen. Der weibliche Körper macht mir Angst und ich liebe pralle, dicke Schwänze und den Körper eines Mannes.« Johannes war selbst erst einmal verdutzt, da er mit so viel Einsicht nicht gerechnet hatte. Nach einer Sekunde fing er sich und grinste: »Ganz genau!« Johannes hing wie Sekundenkleber an ihm, währendem Mario sich anzog, denn dieser hatte gedacht, dass sie jetzt miteinander reden würden. Aber falsch gedacht!

Johannes lies von Mario ab und ging ins Wohnzimmer, um sich dort aufs Sofa zu setzen. Mario kam hinterher. »Stell dich hier hin und zieh dich langsam aus!«, forderte er inständig von Mario, nachdem er sich gesetzt hatte. Er deutete dabei mit dem Finger in die Mitte des Raumes, als wäre es eine Bühne. Es war Marios Bühne und Johannes war sein Zuschauer. Während Mario sich zu seinem ihm zugewiesenen Platz bewegte, öffnete Johannes die Beine und spielte an seiner nun noch prallеren Beule, die sich in seiner Hose befand. Mario schaute genau hin und konnte seinen Blick nicht von Johannes gutem Stück lösen. »Das gefällt Dir, nicht wahr du Homo?«, bemerkte Johannes. Mario bejahte und erreichte seine Bühne.

»Gut so. Jetzt zieh dich aus!«, forderte Johannes Mario noch eindringlicher als zuvor auf. Mario fing langsam an sich auszuziehen und öffnete dabei sein Hemd. Knopf für Knopf. Johannes genoss jede Sekunde, wo Mario sich auszog und es schien, als würde sein Gemächt dabei immer größer werden. Mario wurde das Hemd los und musste sich nun seiner Hose widmen. Johannes hatte es ihm schließlich befohlen. Johannes unterbrach: »Nein! Erst das Shirt!«

»Ja wohl!«, reagierte Mario und fragte sich dabei, ob Johannes dies nur tat, um seine Dominanz und Stellung zu festigen oder ob er die Reihenfolge wirklich so bevorzugte. Er erwischte sich dabei, wie ihn der Gedanke an das Erste erregte. »Jupp, ich bin definitiv ein Bottom«, dachte er sich, während er sein Shirt in die Ecke warf. »Gut so!«, kommentierte Johannes genüsslich.

»Nun die Hose! Ich will ihn sehen!« Johannes wirkte ernster, jedoch weniger wütend als zuvor. Ein Raubtier war er und Mario sein Zebra. Während Mario seinen Reißverschluss öffnete, macht Johannes es ihm gleich nach. Mario zog langsam die Hose herunter, wackelte dabei mit seinem prallen Hintern und drehte sich etwas, damit Johannes auch alles sehen konnte. Sichtlich begeistert grinste Johannes, der währenddessen seinen prallen 22 Zentimeter Penis auspackte. Marios Augen wurden riesig, bei dem Anblick. Dies war schon ein krasses Kaliber! Wie war wohl der weitere Verlauf dieser durchaus sportlichen Geschichte? Sie wird ausgepaart und bleibt somit geheim ;). Doch es geht noch weiter…

Beide waren nebeneinander eingeschlafen. Tief und fest, wie zwei Pandas.

Gegen vier Uhr fünfzehn wachte Mario kurz auf. Sein Gefühl sagte ihm, dass Johannes ihm ein kleines, aber wichtiges Detail von Gestern verschwiegen hatte, was mit Ehrlichkeit verbunden gewesen wäre. Er schaute vorsichtig nach, ob Johannes schlief, bückte sich dann über ihn und nahm Johannes Handy vom Nachttisch neben diesem in seine Hand. Johannes, so gutgläubig er manchmal war, hatte keine »Sperrfunktion« eingestellt, sodass Unbefugte keinen Code einzugeben brauchten, um an Informationen von Johannes zu kommen. Da Johannes sich sowieso keine Fragen und Sorgen über Datenschutz machte, war dies ein leichtes Spiel für Mario geworden, einiges mehr über Johannes rauszufinden, auch wenn dies sicher keine Heldentat, das Handy seines Freundes zu durchsuchen, darstellte!

Mario ging in Johannes Whatsapp Ordner schauen, was Johannes so alles mit anderen geschrieben hatte. Johannes schlief, während Marios Recherche, wie ein Bär. Nicht mal Honig, Johannes Lieblingsaufstrich, hätte ihn aufwecken können. Mario sah, dass Benedikt, welcher bei Johannes als »Bene« mit einem Blumen Smiley eingespeichert war, Johannes heute Morgen geschrieben hatte. Was den Profilname komplementierte, und so Benedikts Identität sicherte, war ein Foto von Benedikt im Profilfoto. Er sah aber auch, dass er selbst, da er gestern Johannes noch eine Whatsapp Nachricht, ehe er in die Sternchenbar hinein gegangen war, geschickt hatte, als »Super Mario« mit einem Champagnerflaschen-Emotji am Schluss, bei diesem im Handy eingespeichert war. Johannes hatte wohl eine Vorliebe für Emotjis, so jedenfalls kam es Mario vor.

Mario las die Nachricht, die einige Phantasie und Interpretationsmöglichkeit bereithielt:

Lieber Johannes, der gestrige Abend, die schöne Nacht war einfach unbeschreiblich für mich! Gerne würde ich es wiederholen. Ich will es mit dir noch einmal versuchen und steh dafür bereit! Eine gute Nacht wünsche ich dir.
LG Bene

Johannes drehte sich um, aber schlief noch. Mario musste schnell handeln! Er machte schnell ein Screenshot und schickte diesen auf seinen Chatverlauf. Mario nahm sein eigenes Handy und schickte diesen Screenshot an sein Zweithandy. Dann löschte er auf seinem Haupthandy die Nachricht. Eine Wohltat war diese Löschfunktion von Whatsapp, denn so konnte manche Nachricht die zu Diskussionen und Streit hätte führen können, einfach gelöscht und aus der Welt geschaffen werden.

Mario beugte sich wieder über Johannes und wollte das Handy wieder zurücklegen, als Johannes anfing sich im Bett zu rekeln. Jetzt musste Mario handeln, denn seine Aktion hätte Konsequenzen gehabt! Er küsste Johannes, nahm dessen Kopf von hinten in seine freie Hand und legte quasi blind Johannes Handy auf den Nachttisch zurück. Johannes merkte von allem nichts außer den Kuss mit seiner Zärtlichkeit den er von Mario erfuhr. Mario ließ Johannes wieder los, welcher nur meinte: »Hoppla, da regt sich ganz schön was bei mir, darfst gerne weiter unten weitermachen! Ich bin gespannt!«.

Mario schaute Johannes Engelsgesicht an: Konnte so einer wirklich lügen? Hatte Johannes Mario mit Benedikt betrogen? Wie solle er nur reagieren? Gab es eine Chance die momentane Liebe zwischen beiden noch zu retten? »Nein!«, schoss es Mario durch den Kopf. »Ich werde dir jetzt keinen Blowjob verpassen, nicht ehe du mir die Wahrheit sagst!«.

Johannes der unter Mario lag sah Marios braune Augen, die ein »blasen« nicht in Betracht sahen. Mario wusste nicht so recht wie er weiterverfahren sollte, was auch Johannes nicht unbemerkt blieb. Johannes ergriff kurzerhand das Wort und unterbrach somit die Stille: »Mario? Ich muss dir was sagen… Ich hoffe du nimmst es mir nicht übel, aber…«. Mario schaute Johannes nun fest in die Augen. Er fühlte, dass seine Augen glasig und nasser wurden.

Johannes bemerkte dies auch, aber war mutig genug gewesen, denn vorherigen Satz mit folgenden Buchstaben zu vervollständigen: »Mario ich habe mit Benedikt gestern geschlafen. Es ist einfach so passiert. Was heißt einfach so? Du warst nicht mehr da und Benedikt war so…ach… er hat mich geküsst und dann ist alles ganz schnell gegangen. Mein Hirn hat auf »Spaß haben« umgeschaltet. Wir waren in den Kuschelraum und haben da... du weißt schon. Ich habe in dem Moment total ausgeblendet, dass ich mit dir dort war, um einen schönen Abend zu verbringen, ich weiß nicht wieso.

Wir machten eine kurze Verschnaufpause…«. Johannes unterbrach kurz seine Worte, um einmal tief Luft zu holen. Mario bekam gefühlt fast keine Luft mehr. Johannes Sätze hatten ihm wortwörtlich die Luft in seiner Brust zugeschnürt. Trotzdem wollte er sich anhören, was Johannes ihm zu sagen hatte und hörte diesem still und leise zu. Johannes fuhr fort: »Ich wollte dich dazu holen, aber Paulina hatte mir mitgeteilt, dass du schon fortgefahren bist. Sie meinte mit einem anderen Kerl seist du weggefahren, um Dich zu amüsieren. *Ist ja nichts bei. Dann haben wir eben beide heute Nacht jeweils unseren Spaß mit anderen Partnern,* dachte ich mir und bin zu Benedikt zurück. Du und Ich sind uns ja keine Rechenschaft schuldig, denke ich. Was ich dir aber eigentlich sagen will ist…«.

Was keine Rechenschaft schuldig? Jetzt zog es Mario gefühlt der Magen zu. Ein richtiger Klumpen fühlte er in seinem Magen. War es Blut, war es Galle, war es doch der Darm? Marios Gesicht verfinsterte sich, was Johannes aber nicht davon abhielt, Mario mit einer etwas unsicheren Stimmlage die Geschichte zu Ende zu erzählen: »Das Spielchen gestern mit Bene hat mich zum Nachdenken gebracht. Ich glaube ich habe mich in ihn Schockverliebt. Ich weiß nicht wieso, weshalb, warum, aber ich habe intensive Gefühle zwischen ihm und mir gespürt. Ich weiß nicht, ob das noch Sinn macht zwischen dir und mir. So sehr sehne ich mich nach Benes Körper mit Glied. Was ich sagen will ist…«.

Stop! Mario reichte es jetzt!

Johannes trieb es einfach zu bunt mit ihm! Mario stieg aus dem Bett, zeigte mit einem seiner beiden Zeigefinger Richtung »Exit« und ergriff dabei das Wort: »Johannes Du Hintern, denn Arschloch sage ich nicht! Was fällt dir ein? Raus hier! Aber schnell! Ich will dich nicht mehr sehen!«

Johannes, war kurz geschockt, doch verstand Marios Botschaft sofort. Er zog das Nötigste an, verließ zuerst das Schlafzimmer, dann die Wohnung und knallte die Haustür, vermutlich wegen seinen Emotionen, die er auf die Schnelle nicht kontrollieren konnte, hinter sich zu.

Mario stand zunächst wie angewurzelt da. Ein Regen voller Trauer vollzog sich über ihm. Er knallte auf sein Bett und nahm sein Kissen in die Hand. Er legte sein Gesicht ins Kissen. Er hätte sich in diesem Moment gern, von endlosem Schmerz befallen, selbst erstickt, doch wem hätte dies genützt? Die Antwort lautet: Keinem! Er wäre vor sich selbst weggelaufen, vor anderen und besonders vor den Leuten, die ihn liebten und mochten so wie er war. Doch wer war er? Konnten Leute, die nicht in seiner Haut steckten überhaupt wissen, wer er war und wie er sich fühlte? Wohl kaum, denn jeder hatte sein eigenes subjektives Erleben und Empfinden.

»Dieser Dachshund, mein Dachshund. Er hat mich betrogen! Meine Gefühle sind dahin, ich bin dahin. Wie wird es weitergehen? Wird es überhaupt weitergehen? Was wird aus uns? Wird es ein »Wir« noch geben? Ich weiß es nicht«, waren Marios Gedankengänge, die ihn so müde machten, dass er kurz darauf einschlief. Wie ein Baby schlief er im Bett, gedanklich war er aber an einem anderen Ort angelangt. Welcher das war wird hier nicht verraten…

9. Die Liebesschaukel geht vor dem Betrügen einher

Es war Montag. Der Tag also an dem Manuela und Mario telefonieren sollten, nachdem Manuela ihren Chef gesprochen hatte. Mit Moser hatte sie bereits gegen zehn Uhr wegen des Projekts telefoniert gehabt. Sie war bester Laune und in Kampfstimmung, um ihren Chef über seine Frau in Hinblick auf deren Affäre mit diesem jungen Grashüpfer aufzuklären. Sie konnte ja nicht wissen, ob es wirklich ein Gigolo war, den Elisa im Stadtkaffee getroffen und bezirzt hatte. Auf alle Fälle war er deutlich jünger als Elise gewesen, das stand fest!

Manuela schweifte wie »Carmen«[2] durch den Flur: gut gelaunt und schick angezogen. Sie war eben passend angezogen und für das bevorstehende Gespräch in der richtigen Stimmung was ihr Leben verändern könnte. Phillip kam ihr entgegen. Er würdigte Manuela keines Blickes. Vermutlich war es noch wegen dem Gespräch von Samstag gewesen. Dies war aber sein Problem und nicht das von Manuela. Sie ging an dem Büro von Mark und Anton vorbei und was sah sie? Mark knutschend mit der schönen Brigitte.

2 Bitte an die Oper »Carmen« von Georges Bizet, Henri Meilhac und Ludovic Halévy denken.

»Dachte ich es mir doch!«, schmunzelte Manuela leise vor sich hin.

Vielleicht war Phillip deswegen so gekränkt an Manuela vorbei gegangen und nicht nur wegen dem Gespräch am Samstag? Fest stand, dass Phillip versucht hatte, Mark mit Gerüchten, die ihn als homosexuellen Mann darstellten, als Konkurrenten auszuschalten, damit Brigitte und er voneinander losließen. Und wenn Mark was mit Anton gehabt hätte, wäre dies für Brigitte schlimm gewesen? Jeder war doch etwas bi. Mit einem kampfeswilligen Gesicht ging sie an die Bürotür ihres Chefs und klopfte an. Sie holte tief Luft, dies konnte was werden!

»Ja, bitte?«, hörte sie Ernst aus dem Büro heraus fragen. Manuela nahm die Türklinke in die Hand, drückte diese langsam nach unten, öffnete die Tür, ging hinein, drehte sich um, schloss schnell die Tür hinter sich und wandte sich mit einem Lächeln Ernst zu. Sie stand verführerisch vor ihm, die Bluse leicht geöffnet. Ernst kamen in diesem Augenblick, als er Manuela vor sich sah, die ersten Zeilen von dem Lied *You Light Up My Life* von *Kasey Cisyk* in den Sinn. Dieser konnte zunächst nur ein: »Oh hallo Manuela«, herausbringen, so überrascht war er über ihren Besuch Manuelas in seinem Büro gewesen.

Manuelas Augen strahlte ihn an: echte Katzenaugen hatte sie. Unwiderstehlich und stark.

»Hallo Ernst. Ich dachte ich komme mal wieder in dein Büro. Ich habe dir… ach ich habe dir etwas mitzuteilen«, meinte Manuela und ließ ihn gerne etwas in seinen Gedanken zappeln. »Sag nicht du bist schwanger und ich muss einen Ersatz für dich in der Zeit finden, wo du stillst?«, fragte Ernst mit einer sehr unsicheren Stimme. Wie kam er bloß auf diesen Gedanken? Jedenfalls traute er Manuela als Karrierefrau zu, egal was die Wirtschaft dazu sagte, dass sie Kinder bekommen wöllte, dies stand mit seiner geäußerten Frage fest! Manuelas erotischer Blick verwandelte sich in ein Fragezeichengesicht. Sie machte kurz die Augen zu, schüttelte den Kopf, sah Ernst wieder an und antwortete »Ehm nein Ernst.« Sie machte eine kurze Pause und lächelte wieder: »Es geht um dich mein lieber Ernst. Ich kann es dir nicht länger verschweigen.«

»Ist was mit der Firma? Willst du das Angebot an der Firmenbeteiligung doch nicht annehmen? Oh nein ich hoffe nicht«, sagte Ernst mit einer ernsten Stimme und legte sein Gesicht in seine Hände. Schwanger hätte sie von ihm nicht sein können, denn sie hatte eine Schwangerschaft schon längst verneint und außerdem war Ernst, auch etwas seinem Alter geschuldet, impotent… Eine Schwangerschaft konnte also mit Sicherheit ausgeschlossen werden!

Nach einer kurzen Pause fing er wieder an zu sprechen: »Entschuldigung ich bin etwas durcheinander heute! Ich war gestern Morgen mit einem meiner Söhne zum Tanzkurs, weil er dort eine junge Dame kennengelernt hatte und sie mir vorstellen wollte. Es war geplant, dass ich um die Mittagszeit herum mit ihnen zum Griechen essen gehe, aber ich wollte die beiden Turteltauben bei ihrer Kennenlernphase nicht stören und so hatte ich mich kurzerhand entschlossen früher nach Hause zu fahren, damit ich es Elise erzählen konnte. Ich fuhr also nach Hause und wen ich erwischte ich da? Elise und ihren Callboy! Ungeniert auf unserer teuren Ledercouch »Excelsior«… na du weißt schon welche Sportart sie auf dieser ausgeführt haben... nennen wir es die »Sportart die am meisten Vergnügen« bereitet. Ich war so verletzt und enttäuscht über dieses Verhalten, dass ich eine Kurzschlussreaktion hatte und den Callboy angreifen und ihn niedermachen wollte. Ich? Als reiner Pazifist? Undenkbar aber wahr! Dies gelang mir aber nicht, da der Callboy meine Emotionen richtig gedeutet hatte und dieser schnurstracks mit seiner Unterhose in der Hand sagend: »Ich bin dann mal weg!« Richtung Haustür lief. Ich habe Elise böse angeschaut und die Anziehsachen dieses Gigolos gepackt.«

Jetzt hob Ernst seine Hände auf dem Tisch kurz auf, vermutlich um die von ihm geschilderte Erzählung für Manuela lebendiger zu gestalten, um so glaubwürdiger zu wirken. Auch wenn er seines Erachtens ein Pazifist war, wollte er dennoch stark und bestimmend auftreten, um sein Ego nicht schrumpfen zu lassen. Er fuhr fort: »Natürlich war Elise über mein Erscheinen wohl nicht sehr erfreut gewesen. Auch weil ich viel zu früh da war, damit sie in Ruhe ihren Nachmittag mit ihrem Pralinenjungen genießen konnte. Ich will gar nicht wissen, wo er die Pralinen… Jedenfalls habe ich dem Callboy, als ich kurz nach ihm die Haustür erreichte hatte, seine Sachen hinterhergeschmissen und gerufen, dass er sich verpissen und nie mehr hier blicken lassen sollte, worauf Elise nur gemeint hätte, dass ich wohl schuld sei, da ich zu früh nach Hause gekommen wäre. Wäre ich zur richtigen Zeit erschienen, in ihren Augen wäre das nach dem Mittagessen gewesen, dann hätte ich Beide nicht erwischt, da sie vermutlich schon fertig gewesen wären mit ihrer Liebesschaukelparty. Selbst schuld sei ich gewesen. Sie hatte meinen Ärger null verstanden und nur gemeint, dass ich wieder nur einmal mich im Kopf hätte und nicht sie und ihre Bedürfnisse. Sie hätte mit ihrem

»Antonio« doch so viel Spaß gehabt. Dieser Macho! Echt was erlaubt der sich überhaupt? Und was denkt sie sich dabei? Ist doch klar, dass ich das nicht toll finde, wenn sie mich so hintergeht. Und dann noch mit einem der vom Alter her mein Sohn sein könnte. Was für eine Frau…«.

Manuela dachte sich nur hämisch: »Na hoppla. Ich wollte dir doch die Geschichte von deiner Elise erzählen. Ah war es doch ein Callboy und nicht ein einfacher Mann? Naja jetzt muss ich mir die Finger nicht mehr schmutzig machen. Die Geschichte zwischen Euch beiden hat sich wohl somit erledigt! Es gibt aber auch Frauen die moralisch gesehen nicht immer korrekt und nett sind. Manche sind sogar böse!«. Manuela antwortete im Widerspruch zu ihren Gedanken aber so, als hätte sie von Elise und ihrem Lover nichts gewusst: »Oh nein Ernst! Das tut mir leid und jetzt?«.

Sie hielt sich die Hand vor den Mund und machte ein betretenes Gesicht dabei. Fest stand, dass Elises Libido wohl noch sehr gut funktionierte und lebendig war, was nicht bei jeder Frau in ihren vor, während oder nach Wechseljahren der Fall war. Einige hatten sogar ernste Probleme mit ihrer Lust, was einige Männer zum Erstaunen und schon mal zum Umschauen nach »Neuem« brachte. Bei Ernst war es aber eher so, dass die Unverschämtheit Elises ihn dazu brachte sich umzusehen. Manuela ergriff die Chance und erzählte Ernst, dass sie sich am Samstag heftig mit Mario gestritten, und sie sich daraufhin von ihm getrennt hätte. Sie hielt es kurz und knapp, denn sie wollte nicht in die Lage geraten, sich erklären zu müssen. Denn dann hätte sie sich wieder eine Geschichte auf die Schnelle zusammen phantasieren müssen, damit es relativ glaubwürdig erschien und sie den wahren Grund nennen müsste, dass sie schon einige Zeit nicht mehr mit Mario zusammen war und so was wie eine »Scheinbeziehung« mit ihm führte, damit *seine Homosexualität* nicht aufflog. Aber genau dann wäre *sie* doch aufgeflogen. Und ein Coming-Out ohne Marios Zustimmung? Niemals!

Ernst war über diese Information so erstaunt, dass er erstmal mit offenem Mund vor Manuela saß. Hatte er doch gedacht, dass sie noch vergeben sei. »Ja wie wird es wohl weiter gehen?«, fragte Ernst, blickte kurz traurig auf seinen Tisch und schaute dann Manuela mit einem festen Blick an. Manuela wollte seinem Blick ausweichen und beobachtete stattdessen seine Falten im Gesicht. Waren ja schon einige die er sich im Laufe der Jahre angelegt hatte. Durch die Ehe? Durch die Arbeit? Die Ehe, anders als die Falten, war dahin, das stand jedenfalls fest!

»Meine liebe Manuela…«, fing Ernst an. Manuela schaute ihn jetzt konzentriert und fixiert an, blieb aber stumm. Nicht mal ein Nicken kam von ihr zu Ernst rüber. »Ich weiß nicht wie ich anfangen soll…«, stammelte Ernst vor sich hin und blickte wieder auf seinen Edelholztisch. Im nächsten Moment aber wurde er mutiger und er sprudelte folgende Wörter wie ein Wasserfall aus seinem Mund heraus: »Willst du mit mir eine Beziehung eingehen?«.

In Manuela sprudelte zunächst einmal nichts. Sie öffnete ihren Mund leicht vor Verwunderung. Sie hatte, ehe sie das Büro von Ernst betreten hatte, damit gerechnet, dass sie Ernst über Elises Eskapade berichten müsste, um im nächsten Moment seine Ritterin zu spielen, wenn er von dieser Nachricht erfahren hatte und deswegen fassungslos zu Boden ging. Aber es war anders gekommen: er hatte Elises Spiel selbst gesehen und durchschaut gehabt. *Mann* sollte sich eben vor *schönen Frauen* in Acht nehmen…

Jetzt konnten Elise und Ernst Manuela nicht anhängen, dass sie Gerüchte in die Welt gesetzt hätte, als böse, eifersüchtige Affären Lady, nur um die etwas ältere, abenteuerlustige Elise aus dem Spiel haben zu wollen und somit Ernst für sich ganz allein zu haben.

»Es ist ja fast, wie wenn ein kleiner Junge ein Mädchen auf dem Schulhof fragt, ob sie mit ihm gehen möchte. Wobei… heutzutage könnte es auch andersrum sein. Der Gleichstellungsgedanke eben.«, kam es Manuela in den Sinn und sie hob ihren rechten Mundwinkel kurz nach oben. Ernst bemerkte Manuelas Schweigen und fuhr fort: »Ich weiß ich hätte keine Spiele mit dir treiben sollen. Ich hätte zu meinen Gefühlen für dich stehen und mich von Elise sofort trennen sollen. Wäre wohl besser für alle Beteiligten gewesen! Auch für ihren Gigolo! Vielleicht liebt er ihr Alter und ihre Reife ja und will sie nicht ausnutzen?«.

Er hatte die letzten von ihm geäußerten Sätze so reuevoll gesagt, dass er es vermutlich wirklich ernst meine mit Manuela. Diese kratzte sich kurz am Kopf und meinte: »Hmm nun gut…«. Sie verstummte wieder und schaute zu Boden. Ernst schaute sie gespannt und voller Hoffnung an. Sie hob ihren Blick wieder und schaute Ernst in seine liebevollen Augen an: »Na gut. Wir probieren es. Einzige Bedingung: du wirst dich endgültig von ihr scheiden lassen! Mehr will ich nicht, um einzuwilligen.« *Diese Karrierefrauen: sie wussten was sie wollten!*

Ernst grinste erfreut und meinte: »Die Scheidung sollst du haben! Die Ehe mit Elise brauche ich nicht mehr!«. Ernst stand auf und ging zu Manuela, die schon wusste was kam und die schon bereitstand. Er küsste, knuddelte und drückte Manuela so leidenschaftlich an sich, dass der Knopf ihrer Bluse in die Höhe schoss. Dies konnte keiner den beiden übelnehmen, denn der Knopf war aufgegangen, sie waren frisch verliebt und zu allen Schandtaten bereit!

Wann immer der Faden im Leben einem verloren gegangen war, bestand die einzige Möglichkeit ihn zurückzugewinnen darin, die Nadel wiederzufinden, durch welche der Faden gezogen werden konnte, um wieder zur Stabilität zu gelangen und dem »in der Luft hängen« zu entgehen. Dies war Manuela sichtlich gelungen! Beim Küssen blieben rote Lippenstiftreste an seinen Lippen hängen, so dass er von nun an gekennzeichnet war. Er war nicht mehr der Mann von Elise, sondern der von Manuela. Dies sollte die ganze Welt sehen. Die Bluse stand offen und der Mund war rot. Das Motto lautete: Vollgas geben!

10. Die traurige und die freudige Mitteilung am Hörapparat

Manuela konnte sich von Ernst Kussattacke befreien, was Ernst nicht sonderlich erfreute, denn sein Kumpel in der Hose stand schon parat. Manuela lächelte ihn an und Ernst fragte daraufhin: »Manuela was ist denn los? Habe ich was falsch gemacht?«. Manuela glitt ein verführerisches Lächeln über ihre Lippen. Sie hielt den Augenkontakt mit Ernst aufrecht und ließ ihn kurz zappeln, ehe sie antwortete: »Aber nein Ernst, aber du weißt ich habe zu tun und ich habe schon gemerkt, dass sich was bei dir unten in der Schublade getan hat, deswegen habe ich abgebrochen. Wir holen alles später nach, nach einem schönen Abendessen was ich uns koche, ja?«. Ihr Lächeln überkam Ernst und er stand kurz regungslos vor ihr. Manuela war doch ein sehr schönes Geschöpf für ihn.

»Alles klar, ja so machen wir es. Ein schönes Abendessen und dann schauen wir weiter… ehm hmmm… ich freue mich schon«, sagte Ernst und stand da wie ein kleines Kind, was sich auf seinen Kindergeburtstag freute. »Gut, dann gehe ich mal weiterarbeiten«, verabschiedete Manuela sich, nahm die Türklinke wieder in die Hand, öffnete die Tür, ging hinaus, drehte sich kurz noch einmal um, um Ernst ein Augenzwinkern mit einem freudigen Strahlen zuzusenden, welcher er gerne annahm und machte die Tür hinter sich zu.

»Puh geschafft!«, ging es Manuela durch den Kopf. Sie hatte ihren Ernst jetzt für sich allein, so wie es aussah. Sie zuckte ihr Handy aus ihrer edlen mit Perlen verzierten Strickjacke und schrieb an Mario eine Whatsapp mit folgendem Inhalt:

> ***Hey Mario wie geht es Dir? Ich hoffe schon besser, würde mich jedenfalls freuen, wenn dies so wäre. Du wir sollten uns heute hören, aber ich habe so viel zu tun, deswegen erscheint mir das Chatten die bessere Kommunikationswahl für heute. Kurz: Ernst hat sich von Elise getrennt! Er hat sie mit diesem Mann auf frischer Tat erwischt. Mit diesem jungen Mann, wo ich dir erzählt hatte. Es ist tatsächlich ein Callboy! Na ja jedenfalls hat alles dazu geführt, dass Ernst mich für eine Beziehung gefragt hat. Ich stelle nicht mehr die Affäre für ihn da. Ist das nicht toll?***

Fünf Minuten später erreichte Manuela eine Sprachmemo von Mario, die sie in ihrem Büro abhörte:

> ***Hallo Manuela, das freut mich für dich. Naja bei mir läuft es nicht so toll… Nach dem verpatzten Wochenende kommt jetzt auch ein verpatzter Montag dazu. Johannes kam gestern noch zu mir und wir hatten Sex. Es war schön und aufregend wie immer, aber dann hat er mir***

mitgeteilt, dass er mit Benedikt am Vorabend Sex hatte, und er jetzt in einem chaotischen Gefühlsbad baden würde, was ihn nicht sicher sein lässt, ob er noch Gefühle für mich hat. Ich habe ihn rausgeschmissen, denn ich war so sauer und verletzt! Ich weiß nicht mehr weiter… Der Schmerz sitzt so tief. Wie ein großer Stachel, der gefühlt nur noch durch eine Not-OP entfernt werden kann. Ich weine und habe mich krankschreiben lassen. Ich gehe später zum Arzt, vielleicht hat er ja was, was gegen Liebeskummer wirkt. Probieren geht über studieren sagt der Volksmund ja.

Was hörte Manuela da? Oh dieser Johannes, dieser Benedikt! Hatten sie es doch fertiggebracht, Mario so zu verletzten, ihm solchen Liebeskummer zuzufügen, dass dieser sich sogar krankschreiben lassen musste. Mario hatte nur noch ein halbes Jahr in der Firma seines Arbeitgebers zu arbeiten, dann würde er seine eigene gründen. Manuela schaute fassungslos auf ihr Handy und schrieb zurück:

Was? Was fällt ihm ein? Was fällt beiden eigentlich ein? Ich verstehe dich zu gut. Ja mach das mit dem Arzt. Lässt du das einfach auf dir sitzen oder kämpfst du?

Drei Minuten später kam eine Antwort von Mario, diesmal was sie geschrieben:

Ach Manuela… wenn ich nicht das Funken Hoffnung hätte, würde ich Johannes einfach abschreiben und ihn

dahin wünschen, wo der Pfeffer wächst. Da ich aber noch intensive Gefühle für ihn hege, will ich nichts unversucht lassen! Ich werde Benedikt am Mittwoch mal einen Besuch in seiner Filiale abstatten, um meinen Standpunkt klarzumachen. Zur Not drohe ich ihm, dass ich seiner Frau alles beichte! Ich war nämlich so schlau, einen Screenshot von dem Chat zwischen Benedikt und Johannes auf Johannes Handy zu machen und mir selbst zu senden, bevor mir Johannes sein Sexabenteuer mit Benedikt gebeichtet hat. Es stellt nur ein Indiz dar, da Benedikt Sonntagsmorgens an Johannes geschrieben hatte, dass es doch eine schöne Nacht war und er es gerne noch einmal mit ihm versuchen wöllte. Johannes hingegen hat das Bild vervollständig, indem er sagte, dass er und Benedikt miteinander geschlafen haben. Das bestätigt doch zumindest die erotische Anziehung zwischen beiden. Bin mal gespannt, was seine Frau dazu sagt, wenn sie erwähnt, dass ihr Mann doch nicht so treu und heterosexuell ist, wie er immer tut und sie zu glauben vermag. Traurige Geschichte für alle Seiten jedenfalls. Ein Gericht ohne Gedicht eben.

Manuela verstand Mario vollkommen und schrieb zurück:

Oh ja! Mach das! Das wird ja lustig, wenn dieser Benedikt erfährt, dass du mehr von ihm weißt, als er zu gedenken vermag. Sein Gesichtsausdruck, wenn du ihn zur Rede stellen werden wirst… Ich stelle es mir schon vor. Du musst mir später davon berichten, wie das Gespräch zwischen euch gelaufen und wie er darauf reagiert hat. Ich will jedes kleinste Detail wissen. Bei einem Abend-

essen am Freitagabend gegen neunzehn Uhr bei »Chez Amour«? Ich reserviere schon mal einen Tisch für zwei. So ich muss jetzt… Bis Freitag, ich bin sicher du kannst! Hab dich lieb.

Fünf Minuten später bekam Mario in seiner Wohnung Manuelas WhatsApp Nachricht. Manchmal hackte die Internetverbindung doch extrem, so dass es vorkommen konnte, dass es zu Nachrichten Verspätungen kam. Mario schrieb blitzartig zurück:

Natürlich Manuela. Du erfährst alles! Ich freue mich schon! Bis Freitag. Hab dich auch lieb mein Schatz! LG

Ein Smiley kam von Manuela an Mario zurück. Beide hatten sich wirklich lieb, auch wenn es nur von einer freundschaftlichen Natur ausging. Marios Reaktion daraufhin war auch ein Lachen. Ein Lachen über sich selbst, über das Leben mit seinen Eigenarten. Ein Lachen konnte viele positive Effekte mit sich bringen. Ab und zu über sich und seine Eigenarten lachen konnte dafür sorgen, dass Stress und Kummer weniger wurden, einen Moment lang oder sogar ganz verschwanden. Marios tief eingebohrter Stachel fing jedenfalls an, sich etwas zu lösen. Er schaute auf seine Armbanduhr und bemerkte, dass er schnell etwas essen musste, da er gleich zum Arzt musste. In dieser Zeit nichts Ungewöhnliches, denn die Welt drehte sich gefühlt immer schneller. Besonders für Menschen mit sehr viel Geschick und Feingefühl.

11. Marios Mittwoch mit dem unwissenden Bankfilialleiter und Paulas Geständnis

Aschermittwoch war schon längst vorbei. Jetzt sollte »Marios Mittwoch« kommen. Mario freute sich wie Bolle, bei der Vorstellung, dass er Benedikt jetzt gleich zur Rede stellen würde. Ein selbstgenüsslicher Ausdruck vollzog sich auf seinem Gesicht. Er war auf dem Weg zur Bankfiliale, denn er war nicht mehr krankgeschrieben und hatte somit Ausgang. Seine Informatikarbeit für heute hatte er schon erledigt, nicht aber seine Informationsarbeit, die noch folgen würde.

Er fühlte sich bei jedem zweiten Schritt mal wie ein gut gelaunter, in die Höhe hüpfender Dackel, der vor Freude am liebsten die ganze Welt umarmt hätte und mal wie eine schlecht gelaunte, grimmige Katze die am liebsten sich durch die Gegend gekratzt hätte. Seine Gefühle waren gemischt, denn er konnte nicht sicher sein, ob sich seine Mühe lohnen würde, die er unternehmen wollte, um Johannes zurückgewinnen.

Auch wenn Benedikt Johannes loslassen würde, konnte Mario sich nicht sicher sein, ob Johannes dies auch tun würde. Vielleicht wäre Benedikt seine Familie und die Gesellschaft egal und er würde sich outen und sich zu Johannes bekennen? Mario konnte dies nur rausfinden, indem er einiges klarstellte und er war auf dem guten Weg dahin!

Zeitgleich ereignete sich bei Manuela im Büro eine Szene, die auch nicht unerwähnt bleiben sollte. Paula, die zweite Sekretärin kam in Manuelas Büro, nachdem Manuela: »Ja bitte?«, gesagt hatte, hereingestürmt. Manuela hob den Kopf aus ihren Vorbereitungen, die auf ihrem Schreibstuhl lagen, und ihr ergonomischer Bürostuhl quietschte etwas dabei.

Paula fing in einem hastigen Ton Manuela zu fragen: »Du Manuela, was würdest du eigentlich sagen, wenn du erfahren würdest, dass eine Frau auf dich steht? Wie würdest du darauf reagieren?«. Manuela saß auf ihrem ergonomischen Bürostuhl da, als hätte Paula sie mit ihrer Frage erschossen. Paula hatte es geschafft, dass Manuelas Herz, so schien es jedenfalls, aufhörte zu klopfen. Eher metaphorisch, als real gesehen.

Paulas Frage erschien ihr doch eindeutig oder nicht? Und so fragte Manuela Paula zögernd nach: »Ehm… wie meinst du? Ich würde auf alle Fälle die Person nicht verletzen wollen, indem ich sie zurückweise, da es ok ist, dass sie mich mag oder sogar liebt. Ich würde ihre Gefühle aber nicht erwidern können und müsste sie notgedrungen zurückweisen. Eh Paula… wieso fragst du das? Du bist doch nicht in mich verliebt, oder?«. In Manuela ratterte es nun. Sie hoffte inständig, dass Paula sich nicht in sie verliebt hatte und Manuela sie dann verletzen würde, indem sie ihr einen Korb gab. Auch wenn Manuela nichts mehr so leicht umhauen konnte, Paulas Frage tat es doch ein wenig…

»Aber Nein! Oh haha!«, Paula platzte jetzt vor Lachen doch fing nach einer kurzen Sprechpause wieder an mit Reden. Mit einer etwas holprigen, schüchterne Stimme gab sie von sich: »Ich habe mich...ich habe mich…«. Ja, etwas Anlauf brauchte sie: »Ach ich denke, dass ich mich in Brigitte verliebt habe. Oh je es ist… es ist… ach es ist einfach so passiert. Ich weiß ja auch nicht, wie dies passieren konnte? Sie ist meine Arbeitskollegin und romantische Gefühle haben am Arbeitsplatz nichts zu suchen. Noch nie hatte ich so intensive Gefühle für eine Frau, das kannst du mir glauben!«. Paula hatte gesprochen und Manuela saß erstaunt auf ihrem ergonomischen Bürostuhl und betrachtete Paula. Irgendwas fiel ihr an Paula auf. Aber was?

Auch wenn Manuela nichts mehr so leicht umhauen konnte, denn sie hatte schon viel in ihrem Leben gesehen und erlebt, taten Paulas Worte dies doch ein wenig.

Verständnisvoll antwortete sie in einer ruhigen Stimme Paula, denn sie hatte bemerkt, dass es für Paula ein wenig fremd und ein mit Scham behaftetes Thema war: »Aber Paula... Du brauchst dich doch nicht dafür zu schämen! Liebe zwischen Menschen, egal in welcher Form und Konstellation ist etwas wunderbares!«. Manuela machte eine kurze Sprechpause und biss sich dabei auf die Lippen. Wie sollte sie Paula vor einer eventuellen Abfuhr schützen? Konnte sie das überhaupt? Wohl eher nicht und so fuhr sie fort: »Nun ja ich weiß nicht so recht, ob es so viel Sinn hat, Brigitte es zu beichten, da sie meines Wissens nicht auf Frauen steht. Na ja, stehen tut sie auf Phillip als Mann wohl auch nicht, was auch kein Wunder ist, um ehrlich zu sein!«.
Beide Frauen lachten auf. Nein Phillip konnte sich keiner so recht als guten Liebhaber vorstellen, dafür war er einfach zu gesprächig und in seiner Klugheit zu schwach. Manuela fuhr wieder einmal fort: »Die einzigen Möglichkeiten, die es gibt, um es herauszufinden sind, dass du Brigitte deine Liebe gestehst, auch mit dem Wissen, dass sie diese ablehnen könnte oder sofort in die Offensive gehst und mit einer anderen Frau vor ihr rumknutschst, um zu sehen, ob sie eifersüchtig dabei wird. Natürlich kann dies auch nach hinten losgehen, je nachdem. Eifersucht zeigt manchmal

die wahre Natur des Menschen oder die Gefühle die er für einen anderen hat. Eine andere Lösung die mir zusätzlich spontan einfällt, ist…«.

Manuelas Stimme verstummte kurz. War sie jetzt zu Paulas Ratgeberin geworden? Konnte sie das überhaupt? Es schien wohl so...

Sie wollte schon Marios Namen nennen und Paula vorschlagen, dass sie Mario nach Rat fragen könnte, aber dies schien Manuela zu heikel, denn dies hätte zu einem Coming-Out von diesem geführt und sie hatte ihm fest und heilig versprochen, dass sie ihn nicht outete, sondern er dies selbst in naher Zukunft tun würde. Paula sah Manuela die ganze Zeit in der Manuela gesprochen hatte, schweigend und gebannt an. Manuela hatte einmal tief Luft geholt, nach dem Motto: Bauch rein Brust raus und sprach weiter: »mit einem homosexuellen Freund von mir in so eine bunte Bar zu gehen, damit er dir die schillernde, bunte Welt zeigen kann und du dich von Brigitte gedanklich etwas distanzieren kannst. Gerne mache ich dir den Kontakt? Wäre dies was für dich?!«.

Manuelas Idee machte wohl auf Paula, die übrigens noch eine Jungfrau war, einen guten Eindruck, denn diese ging freudenstrahlend auf Manuela zu und umarmte sie fest und sagte: »Danke Manuela! Danke, danke! Du bist eine gute Ratgeberin.« Paula war ja kein schlechter Mensch, eben nur anders. Sie hatte sich zu sehr vor dem Moment gefürchtet, so dass sie lieber warten wollte. Jedenfalls bis die Richtige kam. Manuela hatte nun ihre Bestätigung, dass sie eine gute Ratgeberin sei und meinte: »Keine Ursache!«.

Paula lies Manuela los und schaute sie fest in die Augen. Mit einem etwas unsicheren Blick erzählte sie Manuela: »Und noch was… Ich fühle mich nicht weiblich… Ich…«. Paulas Stimme stockte kurz und Manuela stellte sich die Frage: »Oh je was kommt jetzt? Was will mir Paula denn damit sagen?«. Ja was sollte Paulas Mitteilung bedeuten? War Paula etwa? Nein Manuela fragte nicht nach. Es würde doch nur in Komplikationen enden. Nichts deutete daraufhin, jedenfalls die äußere Schale nicht, welche weiblich aussah. Doch was war überhaupt weiblich und was männlich in dieser Welt? Gab es die Trennung überhaupt?

Manuela antwortete schnell: »Paula egal ob weiblich, männlich oder divers. Hauptsache du liebst dich selbst und bist mit dir zufrieden. Dann erst bist du glücklich und keiner kann dir was. Ok?«. Beim »Ok« lächelte Manuela Paula und beide starrten sich fest in die Augen.

»Ja alles klar. Vielen Dank Manuela. Das Gespräch mit dir hat mir geholfen, mich in meiner Haut etwas besser und wohler zu fühlen. Danke dafür! Ich muss weiterarbeiten und wünsche dir einen guten Tag«, meinte Paula aufgeregt, ging zur Tür und schoss hinaus.

Das »Wünsche ich dir auch«, welches Manuela noch schnell geäußert, hatte Paula wohl nicht mehr gehört, so schnell war diese aus der Tür hinausgeschossen.

»Oh was für eine Woche! So viele Konstellationen und Komplikationen auf einen Haufen. Ich hoffe es wird jetzt aufs Wochenende hin etwas ruhiger! Meine Nerven machen dies nicht mehr lange mit!«, dachte sich Manuela und ging wieder ihrer eigentlichen Arbeit nach…

Bei Mario wurde es immer konkreter, denn er war vor der Bankfiliale, die er gleich erstürmen würde, um seinen Goldschatz Johannes zurück zu rauben. Keine Mühe wollte er scheuen, denn Johannes war sein Goldjunge, sein Schatz den es zu bewahren und zu beschützen galt!

Mario ging, ohne Maske hinein, denn sonst hätte man ihn als einen Bankräuber eingestuft. Mario fragte die junge, hübsche und sexy gekleidete Bankangestellte, ob er mit »Benedikt« sprechen könnte. Diese zog eine etwas unsichere Miene, da sie nicht wusste, was Mario von Benedikt wollte. Auch in Hinblick, dass dies ein Trickversuch sein könnte, sagte sie kurz zu Mario: »Einen Moment… ich rufe Herr Nursia kurz an. Einen kurzen Moment, bitte.«

»Kein Problem. In der Ruhe liegt die Kraft.« meinte Mario und die Bankangestellte nickte daraufhin kurz. Sie wählte hinter der Glasscheibe eine Nummer. Drei Mal klingelte es, dann hob Benedikt Nursia ab: »Ja bitte?«. Die Bankangestellte antwortete Nursia: »Ja, hier ist ein Kunde, der nach ihnen fragt. Er meint er würde gerne mit ihnen sprechen… Ah Moment wie heißen sie?«, fragte die Bankangestellte Mario und dieser antwortete: »Mario. Johannes Kumpel«, und machte dabei ein verschmitztes Gesicht.

Marios Stimme hatte Benedikt auf der anderen Leitung erkannt und ehe die Bankangestellte Benedikt antworten konnte, sagte er: »Ist gut Frau Schürf. Ich komme runter«, und legte, ehe Frau Schürf »alles klar« sagen konnte, auf. »Donnerwetter der schaltet schnell«, kam Mario in den Sinn. Benedikt kam aus der Bürotür hinter der Glasscheibe herausgeschossen, lächelte Mario an und ging mit Mario vor die Tür. Mario stellte bis jetzt keine Gefahr für ihn da. Drinnen schaute Frau Schürf besorgt nach draußen, konnte aber durch die geschlossene Eingangstür nicht hören, was beide draußen besprachen.

Benedikts Miene verfinsterte sich: »Was willst du? Hä?«. Seine feinen Manieren hatte er wohl seit dem Besuch in der »Paulos Sternchenbar« vergessen.

»Die Frage ist eher, was willst du?«, schmunzelte Mario. Mario hatte ja auch nichts zu verlieren, sondern konnte nur gewinnen. Benedikt schloss auf Marios Frage hin ein Auge, stellte sein Gesicht schräg und stand mit einem Fragezeichen im Gesicht vor Mario.

»Ach komm, sag schon.« Benedikt schüttelte etwas irritiert den Kopf. Es kam Mario so vor, als wisse er wirklich nicht, was Mario von ihm wollte und so sprach dieser weiter: »Benedikt du hörst mir jetzt gut zu! Ich habe eine Bitte an dich. Lass die Finger von Johannes. Von meinem Johannes! Hörst du?«.

Benedikt lächelte und antwortete hämisch: »Ah das willst du also… Also auf diese Bitte kann ich nicht eingehen. Johannes schmeckt gut, weißt du?«. Benedikt versuchte Mario gegenüber machtvoll rüberzukommen und ihn zu erniedrigen, doch Mario ließ sich nicht unterkriegen, so stark war sein Drang um Johannes zu kämpfen.

»Willst du mich klein kriegen oder was? Haha, das wird dir aber leider nicht gelingen, denn…«. Mario holte kurz Luft und fuhr fort: »denn ich weiß, dass du mit Johannes geschlafen hast. Wie wird deine Frau über diese Erkenntnis denken? Trennung oder Scheidung? Was ist dir lieber?«.

Benedikt blieb bei Marios Fragen standhaft, schmunzelte und brachte folgende Sätze heraus: »Ach und wie willst du das beweisen und meiner Frau dies glaubhaft machen ohne eine sichere Quelle in der Hand zu haben? Meine Frau ist vielleicht blond, aber sie wird dir kein Wort glauben! Sie glaubt so einem wie dir sicher nichts! Vergiss deine Aktion und hau ab.«

Er fühlte sich Mario gegenüber wohl noch immer in einer überlegenden Position. Mario war über so viel Arroganz geschockt, dennoch blieb er nicht vor Benedikt, wie das Kaninchen vor der Schlange stehen, und antwortete mit seinem Handy in der Hand diesem spitz zurück: »Ach Benedikt… Glaubst du ich sei so dumm und würde mich nicht vorher absichern? Schau mal was ich hier habe. Reicht der Chatverlauf nicht, um deiner Frau beweisen zu können, dass Johannes und du eine schöne Nacht hattet? Was werden die Nachbarn wohl sagen? Oh entschuldige zuerst kommt deine Frau und dann deine Familie. Na wie wirst du dich wohl entscheiden? Für die Frau mit Kindern oder für den Mann, welcher dir berufliche und gesellschaftliche Probleme bereiten kann? Hmmm?«.

Mario hatte etwas übertrieben, aber es schien als hätte er mit seiner Methode, Benedikt als Konkurrenten auszuschalten, Erfolg zu haben, denn Benedikts Gesicht verzog sich beim Blick auf Marios Display. Benedikt stammelte zunächst ein: »Eh, ehm, eh…«, heraus, ehe es aus ihm herausschoss: »Na gut. Ich lasse Johannes in Ruhe, aber erzähl bloß meiner Frau nichts von Johannes und unserem… unserem Sexabenteuer und halt auch sonst die Klappe darüber! Ja?«. Benedikt zitterte leicht. Hochmut kam eben doch vor dem Fall…

»Alles klar. Ich dachte schon, dass wir uns verstehen werden. Habe dich auch für so klug gehalten, dass du sofort verstehst, was ich von dir will«, sagte Mario. Um seinen Plan noch etwas abzusichern, hatte er trotzdem noch eine kleine Bitte an Benedikt: Den Kontakt zu Johannes sollte Benedikt, dank einer verletzenden Whatsapp Nachricht, welcher dieser noch vor Mario Augen absenden musste, einstellen. So unpersönlich wie möglich, damit Johannes sich von Benedikt so richtig getreten fühlte und ihm keinen mehr blas! Benedikt ging, mit Schweißperlen auf seiner Stirn, auf Marios Wunsch ein. Mario diktierte ihm folgende Wörter, kurz und knapp, welche weit von jeglicher Romantik waren:

Johannes du Schlappschwanz. Ich will dich nie mehr wiedersehen! Du bringst es einfach nicht! Viel Freude mit deinem Mario, der findet dich bestimmt heiß. Ich dich eher nicht. Falls du mir hinterherläufst, dann setze ich das Foto, was ich von dir geschossen habe, wo du in deiner Bugs Bunny Unterhose posierst ins Netz. Bye!

Diese Wörter, so dachte Mario mussten Johannes doch einfach treffen, allein schon, weil Johannes, wenn einer ihn so abservierte, eher auf persönlichen Kontakt und nicht auf Schreibkontakt stand. Und ein Foto von Johannes mit seiner heiß geliebten Bugs Bunny Hose posierend im Netz, das musste ihm doch endgültig zusetzen und dem Ganzen mit Benedikt ein Ende bereiten. Die Nachricht war gesendet und somit glaubte Mario seinem Triumph nahe zu sein. Trotzdem sicherte Mario sich gerne noch weiter ab und fügte, ohne das Benedikt mitschrieb, hinzu: »So mein lieber Benedikt, damit Johannes und du euch wirklich fernbleibt, betreibst du ab jetzt Ghosting. Das heißt für dich, dass du jeden Annäherungsversuch den Johannes, um dich zu sehen und mit dir zu reden, ob im digitalen oder realen Sinn ganz egal, von sich aus unternimmt, ignorierst. In anderen Worten, du lässt ihn eiskalt abblitzen. Hast du verstanden?«.

Mario stand wie ein Bankräuber, in dem Kontext doch besser »Männerräuber« gesagt, vor Benedikt, welcher wie ein Lämmchen nickte. Ja genau, wie ein Lämmchen vor dem bösen Wolf stand dieser jetzt Mario gegenüber. Mario, der in seinem Wesen eher einem Lämmchen glich und vor jeglicher Auseinandersetzung mit anderen Menschen lieber auswich, um den Frieden zu erhalten, hatte es geschafft zum Wolf zu werden, welcher sich nichts mehr gefallen lassen wollte! Er hatte vermutlich in seinem Vorhaben gesiegt. Benedikt ging, wie ein verletztes Reh, wieder in seine sichere Bankfiliale hinein und lies Mario, im wahrsten Sinne des Wortes, denn ein Schauer begleitete diesen dramatischen Moment, im Regen stehen. Mario hatte keinen Regenschirm dabei und so musste er ohne Schutz nach Hause laufen, auch wenn er dies mit bester Laune tat, denn er war siegessicher!

Zur guten Laune kamen ihm noch andere Gedanken dazu, die einem Apfelstrudel mit ein wenig Sahne glichen. Verglich er etwa Johannes mit einem leckeren Apfelstrudel, den er sich herbeiwünschte? Oder stand dieser Apfelstrudel symbolhaft für eine nicht ausgelebte Phantasie? »Aber bitte mit Sahne!«, kam ihm ins Gedächtnis. Ein absoluter Hit von Udo Jürgens der bis heute ab und an auf deutschsprachigen Radiosendern zu hören ist.

Tatsächlich ging Mario an einer Bäckerei vorbei, die laut dem Schild, was an deren Eingang stand, die köstliche Spezialität aus Österreich, wahlweise mit Vanilleeis und/oder mit Sahne, anbot. Marios Mund füllte sich mit Wasser. So sehr sehnte er sich nach einem Stück Apfelstrudel!

Als er rein gehen wollte, um sich ein Stück zu bestellen, kam ihm die Bäckereifachverkäuferin entgegen, nahm das Schild mit rein und wies Mario von innen heraus forsch mit folgenden Sätzen ab: »Wir haben geschlossen! Kommen sie morgen wieder, wenn sie ein Stück Apfelstrudel wollen!«. Mario war über die freche Art der Verkäuferin empört!

Sie hätte ihm freundlich sagen können, dass es zu spät sei, die Bäckerei mit seinem Vorhaben zu betreten, um ein Stück des »Apfelstrudels, aber bitte mit Sahne« zu konsumieren, aber stattdessen hatte sie ihn, in einem aggressiven Ton, abgewimmelt!

Mario beschloss kurzerhand niemals einen Fuß in diese Bäckerei zu setzten und ging eingeschnappt von dannen. Sie hatte sich einen potenziellen Kunden durch ihre unfreundliche Art vergrault. »Dann gibt es heute eben keinen Apfelstrudel, was solls?«, sagte Mario sich. Diese Frechheit hatte er nicht nötig! Soviel Selbstachtung hatte er vor sich!

Er hatte, so wie es aussah, Abwehr- und Superkräfte entwickelt. Zu einem echten »♥Super Mario♥« würde er werden![3]

Der Regen hörte auf und plötzlich kam die Sonne raus. Grell und hell stand sie im Himmelszelt. Eine schwarze Katze, sie kam von links. Heutzutage würde keiner einen Schaden von dieser erfahren, außer er glaubte daran. Dann wäre es ein selbst zusammengebautes, gedankliches Konstrukt in der Psyche gewesen, aber nicht ein ernstzunehmender Zauber, der von einem Lebewesen ausging,

---

3 Mit »Super Mario ist hier nicht die Videospielfigur »Super Mario« gemeint, sondern das Wort »Super«. Es stellt ein Adjektiv dar, was unterstreichen soll, dass der Protagonist Mario sich in naher Zukunft in seiner Persönlichkeit weiterentwickeln, sich verändern und wachsen wird.

um anderen Schaden zuzufügen. Mario streichelte die Katze, die sich liebevoll um sein linkes Bein schmiegte. Beide waren sich im wahrsten Sinne des Wortes wohl am richtigen Ort zur richtigen Zeit über den Weg gelaufen. Es gab aber auch Zufälle im Leben, die dies nicht zu verhindern vermochten, dass zwei in der passenden Zeitspanne aufeinandertrafen. Einige Jahrhunderte zuvor, wären beide mit Sicherheit umgebracht worden! Mario, wegen seiner Sexualität, die Katze wegen ihrer Fellfarbe. Welch ein böser Aberglaube! Die Katze schnurrte jedenfalls zufrieden. Eh oder war es ein Kater? Mario hatte wohl einen tierischen Freund für sich gewonnen. Tiere konnten dankbarer sein, als so mancher Mensch… und vor allem vorurteilsloser!

12. Der Restaurantbesuch mit Manuela und die Mitteilung der bunten Paulina

Es war Freitagabend, Punkt neunzehn Uhr. Mario saß schon ungefähr zehn Minuten bei »Chez Amour« am Tisch. Dies still und leise. Zwei Frauen, vermutlich beste Freundinnen saßen am Tisch neben ihm. Blond und brünett waren sie. Die Frau mit den brünetten Haaren schielte ab und an auf Mario. Was hatte sie bloß? Mario schaute sich um. Für Freitagabend neunzehn Uhr waren erstaunlich wenige Gäste im Restaurant erschienen. Es war doch die Adresse für ein schönes, romantisches Dinner. Dies zumal für frisch Verliebte. Es war doch Frühling, da müssten doch die romantischen Gefühle so Achterbahn fahren und dazu verleiten, jemanden passenden für sich zu suchen? War das nicht mehr zeitgemäß, dass sich frische Verliebte gegenseitig ins Restaurant einluden, um sich näher kennenzulernen? War die Frittenbude jetzt attraktiver geworden, um Geld zu sparen?

Bei Studierenden, Auszubildenen und Geringverdiener verstand man es. Wenn es aber nur darum ging, um Nutzen und Risiko abzuwägen, dann eher nicht. Manuela und Mario waren keine frisch verliebten, sondern gute Freunde und Manuela hatte als Frau Mario eingeladen. Dies war seit der Emanzipation der

Frauen nichts Unübliches, dass die Frau einlud und auch die Rechnung bezahlte, da sie es konnte und somit die Gleichstellung zwischen den Geschlechtern erreicht werden sollte. Ab und an war es aber auch sehr schön, wenn die alte Tradition einsetzte und Männer ihren Frauen ein Abendessen spendierten, um zu zeigen, dass sie ihre Frauen respektierten und schätzten. Keine Frau der Welt sollte böse sein, wenn der Mann sie schick ausführte und bezahlte, denn es war ein Zeichen von Respekt und Liebe!

Mario schaute auf den Nachbartisch. Die Frau mit den braunen Haaren machte Mario ein Handzeichen. Er nickte zurück aber verstand diese Symbolik nicht, da er mit dem Kopf woanders war und gebannt auf Manuela wartete. Diese betrat auch jetzt das Lokal und ging zu Mario an den Tisch. Sie begrüßte Mario: »Hi Mario. Sorry für die kleine Verspätung, aber ich musste noch einige Dinge mit Ernst klären. Die Zeit rennt einem manchmal davon. Aber jetzt bin ich exklusiv für dich da«, und grinste dabei. Mario antwortete: »Ach Manuela die liebe Zeit. Ich dachte es mir schon fast. Stress ist nicht gut. Lässt nur die Sorgen wachsen. Jetzt können wir uns endlich über unsere Woche austauschen. Ich freue mich schon dir das Gespräch von Mittwoch zu erzählen. Oh was habe ich dem es gegeben! Hihi.«

»Ja? Erzähl?« fragte Manuela und setzte sich hin. Ihre Jacke hatte sie vor Aufregung im Auto vergessen. Die Bedienung kam an den Tisch: »Guten Abend schöne Frau, darf ich fragen, was sie trinken wollen?«. Natürlich durfte er das und Manuela antwortete: »Ehm für mich bitte einen Orangensaft. Danke.« »Gerne, kommt sofort!«, antwortete die Bedienung und ging rasch hinter den Tresen. Mario hatte bereits sein Getränk vor sich auf dem Tisch parat stehen. Ein Aperol Spritz, ein wahrer Hit! Seit wann trank Manuela alkoholfrei? War sie etwa? Mario fragte in einem eiligen, aufgeregten Ton, mit der richtigen Mimik einsetzend, nach: »Manuela? Seit wann alkoholfrei? Bist du etwa… ?«.

Die Kinderfrage ging ihm wohl wirklich nicht aus dem Kopf und Manuela reagierte mit einem bösen: »Nein! Hör mit dieser bescheuerten Frage auf. Es nervt!«, prompt. Er hatte wohl den Nerv der Zeit getroffen. Wie eine schlecht gelaunte Katze saß sie kurz vor Mario und dieser wie ein Hund vor ihr, der von der Katze mit ihren scharfen Krallen gerade eins durch Gesicht gezogen bekommen hatte. »Ist gut. Ich frage nicht mehr nach. Ist für alle Zeiten als »Tabuthema« abgespeichert«, meinte Mario ernst. Er wollte es sich mit Manuela als Frau nicht verspaßen, denn er schätzte sie als gute Freundin sehr.

»Kein Problem! Sorry ich habe etwas überreagiert, aber ich will nicht immer wieder auf diese Frage angesprochen werden. Erstmal alles auf die Kette kriegen und dann…«. Manuela verstummte, schaute auf den Tisch und überlegte kurz, wie sie ihren Satz zu Ende bringen sollte. Was sollte auf dieses »und dann« folgen? »Dann sehen wir weiter«, sprach Manuela den Standardsatz zu Ende. Die Bedienung kam mit Manuelas Orangensaft und mit zwei Karten in der Hand zum Tisch und hatte somit das Gespräch der beiden kurz unterbrochen. Die Bedienung verschwand kurzerhand in der Küche und beide betrachteten die Karte. Sie kamen wieder ins Gespräch und Mario erzählte Manuela seine Geschichte von Mittwoch mit Witz und Humor. Manuela war überrascht, denn diese Seite von Mario, dass er sich nicht einem Streit entzog, kannte sie bis dato nicht.

Wieder einmal unterbrach die freundliche Bedienung das Gespräch der beiden. Diesmal um nachzufragen, was beide essen wöllten. Manuela nahm die Pasta Arrabiata, welche würzig, scharf, vegetarisch war und viel Geschmack versprach. Mario hingegen nahm das Steak mit einer Offenkartoffel und Salat dazu.

Es versprach viel Vitamin B, Eisen und Eiweiß, aber er konnte sich folgenden Gedankengang nach dem Bestellen von diesem Steak und dem Fortgang der Bedienung, wieder einmal Richtung Küche, nicht verkneifen: »Ich hoffe, dass das Fleisch wirklich, wie es auf der Speisekarte auch steht, aus einer Bio-Aufzucht kommt und nicht aus der Massentierhaltungsindustrie mit viel Antibiotika als Geschmacksbeilage. Ich hätte ansonsten ein schlechtes Gewissen. Sollte ich nicht gleich damit aufhören Fleisch zu essen, damit es der Umwelt besser geht? Aber welchen Nutzen hätte dies überhaupt? Hilft es wirklich keine Tiere mehr zu essen? Wäre Soja die bessere Alternative? Wenn wir mehr Soja für das Fleischersatzprodukt »Tofu« anpflanzen würden, bräuchte man logischerweise mehr Flächen zum Anbau von Soja. Der Mensch müsste den Tieren Weideflächen wegnehmen, damit er sein Soja getrost anpflanzen kann. Nun habe ich ein Durcheinander in meinem Kopfautomat wieder. Ich muss dieses unbedingt sortieren. Eventuell lese ich mal eine Lektüre von Martha Nussbaum zu dem Thema. Vielleicht hilft mir diese bei meiner Entscheidung? Vielleicht lässt auch gerade diese mich über dieses Thema weniger philosophieren?«.

Mario saß während seiner Überlegungen schweigend vor Manuela. Sie vernahm auch, dass Mario über etwas philosophiert hatte und fragte vorsichtig: »Ist alles ok bei dir Mario? Hast du was? Über was hast du gerade nachgedacht?«. Mario schaute sie an. Ja er war gedanklich abgetaucht gewesen und hatte Manuela dabei vergessen... »Ehm ich habe über unseren Fleischkonsum nachgedacht. Ich lese jetzt Martha Nussbaum«, gab Mario etwas verwirrt an. Manuela verstand nicht alles, aber segnete es mit einem »Na gut«, ab und ergriff nach einer kurzen Atempause das Wort: »Ernst und ich überlegen uns, ein Ferienhaus gemeinsam zu kaufen. Ich würde ja gerne eins in Frankreich kaufen, er lieber in Deutschland. Ich weiß nicht so recht, vielleicht ist es auch insgesamt keine gute Idee. Ich zweifle etwas, ob gleich das Kaufen eines gemeinsamen Ferienhauses nach so kurzer Zeit fester Beziehung das Richtige sei.«

In dem Moment wo Manuela ihren Satz beendet hatte, kam die braunhaarige Frau, die sowohl von Mario als auch Manuela nicht unentdeckt blieb, an Marios Stuhl gesprungen. Was hatte sie? Sie hatte unmittelbar Marios Jacke und Schal, welche runtergefallen waren, in deren Hand und hob beides auf. Mario schaute an seinem Stuhl hinunter und die Frau gab ihm mit einem Lächeln auf den Lippen seine Jacke mit Schal in die Hand. Mario bedankte sich, mehr recht als nett, bei ihr und diese hatte einen hocherfreuten Blick in ihrem Gesicht. Manuela beobachtete die beiden, während die blonde Frau am Nachbartisch genervt die Augen verdrehte. Vermutlich kannte sie die Absicht ihrer Freundin nur zu gut!

Die braunhaarige Frau ging wieder an ihren Platz und tuschelte etwas ihrer Freundin zu, was Mario nicht hören konnte. Was war es bloß gewesen? Hatte sie Mario erkannt? Wusste sie wer er war?

Mario wurde nervös, unsicher und dachte leise: »Oh nein! Hat sie etwa erkannt, dass ich…nein, oder? So schnell geht das doch nicht? Oder doch? Ist dies so offensichtlich? Erkennt ein Unbeteiligter das von außen? Ich hoffe nicht!«

Manuela drehte sich zu den beiden Frauen hin und schmunzelte dabei. Wusste Manuela etwas mehr? Mario war dieses Verhalten von Manuela höchst suspekt und er fragte leise, so dass die Gefahr nicht bestand, dass die beiden Freundinnen die Frage mitbekamen, welche Mario Manuela stellen wollte, nach: »Manuela was ist los? Kannst du mir das erklären? Wieso tuscheln und lachen die beiden? Etwa über mich?«. Manuela ließ Mario für einen kurzen Moment zappeln, wie sie es wohl öfters mit ihren GesprächspartnerInnen tat, ehe sie antwortete: »Du stehst echt auf dem Schlauch!«. Mario bückte sich zu ihr hin und schüttelte kurz irritiert den Kopf. Manuela verstand Marios non-verbale Reaktion auf ihren Satz und flüsterte: »Ich glaube die Braunhaarige steht auf dich und weiß nicht so recht wie sie dich ansprechen soll. Sie ist deswegen so rasch aufgestanden und hat deine Jacke mit Schal aufgehoben, um mit dir in Kontakt zu kommen.«

Mario schaute mit einem großen Fragezeichen rechts an den Nachbartisch, was Manuela nicht unkommentiert ließ: »Du bist echt ein Null Checker manchmal. Gut, dass ich die Sachen für dich checke. Echt Mario haha.« Manuela konnte ja nicht wissen was Mario zuvor durch den Kopf gegangen war. Er schüttelte kurz den Kopf, nahm einen Schluck Aperol und sagte dann nüchtern: »Ach huff Manuela und ich dachte schon…«. Manuelas Stirn zog sich daraufhin zusammen. Was dachte Mario bloß?

Manuela ließ Marios Aussage wieder einmal nicht unkommentiert: »Ja Mario, was hast du denn gedacht?«. Mario flüsterte Manuela zu: »Ich dachte sie hätte meine… ach du weißt schon was bemerkt?«. Manuela schaute Mario jetzt entgeistert an und lachte einmal kurz laut auf. Dieses kurze Auflachen blieb nicht unbemerkt, denn die Gäste um sie herum, insbesondere die zwei Freundinnen, ließen ihr Gespräch kurz pausieren und schauten Mario und Manuela mal verärgert mal verdutzt an. Wie Raubtiere, die auf ihre Beute warteten, schauten die anderen Gäste sie an. Manuela hatte sich die

Hand vor den Mund gehalten und einen entschuldigenden Blick in den Raum geworfen. Manuelas Reaktion hatte jeder Gast vernommen und so konzentrierte sich jeder wieder auf den eigenen Tisch und vertiefte sich in das eigene Gespräch, was nicht an Nachbartischen geführt wurde. »Manuela das ist nicht lustig!«, fuhr Mario sie kurz an. Manuela warf Mario einen reuevollen Blick zu und entschuldigte sich.

Mario nahm die Entschuldigung an und Manuela warf noch folgenden Satz hinterher: »So was kann keiner von außen erkennen. So was ist nicht sichtbar.« Mario nahm dreimal tief Luft, ehe er ein: »Hast ja recht. Es ist von außen nicht erfahrbar«, hinterher schoss. Ihm war die Situation sichtlich peinlich, was man daran erkennen konnte, dass seine Backen innerhalb weniger Sekunden rot wurden. Mario hörte, wie die blondhaarige Frau zu ihrer Freundin sagte: »Hör doch auf, der ist nichts für dich. Merkst du nicht, dass er kein Interesse hegt?! Die Frau die mit ihm am Tisch sitzt ist bestimmt seine Freundin. Vielleicht sind sie sogar verheiratet. Komm lass uns bezahlen, verschwinden und reißen später jemanden für dich an einer Bar auf. Ja?«.

So unrecht hatte die Frau vom Nachbartisch nicht, denn Manuela war wirklich Marios Freundin gewesen. Nur nicht die Freundin, welche sie dachten, dass sie sei. Der Begriff »Freundin« war ein sehr weiter und offener Begriff heutzutage. Die Braunhaarige gab genervt und mit grimmigem Gesicht ihre Absichten auf. Na endlich! Die Frau hatte es gerafft! Die Bedienung kam mit den beiden Gerichten zu Manuela und Mario an den Tisch und wünschte einen guten Appetit. Die beiden Frauen am Nachbartisch standen auf, zogen ihre Jacken an, die Braunhaarige warf Mario noch einen letzten Blick zu, welcher Mario ignorierte, und gingen an den Tresen mit der Absicht zu bezahlen.

Mario wünschte Manuela einen guten Appetit, die schon ihre Gabel in der Hand parat hielt. »Dir auch. Mein Schatz!«, gab Manuela bewusst laut von sich, was dazu führte, dass sie einen bitteren, genervten Blick von der Braunhaarigen zugeworfen bekam. Mario hatte von allem nicht mitbekommen, da er den beiden, unbekannten Frauen mit dem Rücken zugewandt war. Manuela dachte: »Ach Mario… du erntest so manchen Frauenblick… wenn die wüssten… sie kassieren nur Abfuhren dabei.« Mario schnitt in sein Steak und aß es mit Genuss. Es war doch Biofleisch.

Manuela nahm einen Schluck von ihrem frisch gepressten Organgensaft, als plötzlich Marios Handy aus seiner Jackentasche heraus piepste. Normalerweise hätte er dieses Geräusch jetzt ignoriert, zumal er mit Manuela im Restaurant saß und wusste, dass sie allergisch reagieren würde, wenn er wie ein Primat seiner Neugierde folgen würde. Etwas aber gab ihm das Gefühl, dass es wichtig sei, dass Handy aus seiner Jacke zu zücken. Er schaute Manuela bittend an die seinen Blick sofort verstand und sagte: »Ist gut. Schau nach. Es könnte wichtig sein.« Mario wischte sich kurz mit der Serviette den Mund ab und nahm sein Handy in die Hand. Eine SMS von einer unbekannten Nummer. Wer zum Teufel war das und was wollte diese Person an einem Freitagabend von Mario? Gut der Nachrichtenabsender konnte ja nicht wissen, dass Mario mit Manuela im Restaurant saß. Mario ging in seinen SMSen Ordner, öffnete die Nachricht und lass:

Hallo Mario, du ich konnte nicht damit warten. Du musst sofort in die Sternchenbar kommen! Johannes und Benedikt sind wieder hier und… und ja ich vermisse dich.

Mario war genervt von dieser Mitteilung. Mario fragte sich: »Wo zum Henker hat Paulina meine Nummer her? Ach ich frage lieber nicht nach. Die Antwort kann ich mir schon selbst liefern. Bestimmt vom Johannes, diesem Dachshund!«.

Manuela blieb Marios genervter Blick nicht verborgen und sie fragte: »Mario ist was? Was ist geschehen? Ist es schlimm?«. Daraufhin schaute Mario Manuela an und meinte etwas impulsiv: »Ach es war bloß Paulina. Die, von der ich dir erzählt habe. Sie hat mir geschrieben, dass Benedikt und Johannes in der Bar sich wieder köstlich amüsieren, also so jedenfalls habe ich ihre SMS mal interpretiert. Sie meint ich soll sofort kommen, aber ich weiß nicht, ob das so eine gute Idee ist. Johannes und Benedikt knutschen bestimmt wieder und ich soll mir noch dieses ganze Theater anschauen? Nee, keine Lust darauf!«.

Mario stach mit seiner Gabel in den kleinen, feinen Salat und führte diese in seinen Mund. Manuela hörte Mario gespannt zu, denn es interessierte sie, was Mario jetzt machen würde. Dieser fuhr fort: »Dieser Benedikt, oh… ich hätte mir gleich denken können, dass er von Johannes nicht ablässt. Vermutlich hat Benedikts Nachricht dazu geführt, dass Johannes noch mehr jagen wollte. Oh! Alles ist schief gegangen. Scheibenkleister.«

Ja, ja der Jagdinstinkt wurde immer bei demjenigen aktiviert, welcher abgewiesen wurde. Dies war nicht nur in der Männerdomäne der Fall, sondern überall...

»Na los, auf was wartest du eigentlich noch? Geh los und schau, ob dies wirklich stimmt. Vielleicht sagt diese Paulina das einfach nur, damit sie dich für sich gewinnen kann. Also ich würde dahin gehen, um mir selbst ein Bild zu machen und um zu sehen, ob dies alles stimmt. Allez hopp!«, meinte Manuela und zog dabei ein ernstes Gesicht.

Mario überlegte kurz und sagte in einem entspannten Ton: »Gleich. Erstmal genieße ich hier mein Stück Fleisch. Es wäre zu schade, wenn ich es liegen lasse und es unnötig weggeschmissen wird, nur um nachzuschauen, ob eine angegebene Information der Wahrheit entspricht.«

»Na gut. Hast ja Recht. Deine Überprüfung auf Richtigkeit kann noch etwas warten«, schmunzelte Manuela und nahm dabei eine Nudel in den Mund. Köstlich war diese Arrabiata! Beide aßen schweigend ihre Gerichte auf. Nach etwa zehn Minuten war es soweit: die Teller waren putz leergeräumt. Mario warf einen kurzen Blick auf Manuela, die mit einem »Na geh schon!«, lächelnd reagierte. Mario nickte, nahm seine Jacke und seinen Schal in die Hand, zog beides an und verschwand durch die gläserne Restauranttür. Sein Herz raste. Er musste jetzt nachschauen, was los war! Das war er seinem Kardiologen schuldig, damit der Abend nicht noch mit einem Herzinfarkt endete…

13. Die Entdeckung mit einem schlechten Ausgang

Zwei Gehminuten zu Fuß trennten das »Chez Amour« von der »Sternchenbar«. Er ging an einer Synagoge vorbei. Vor zwei Wochen war hier ein Anschlag von Rechtsextremisten verübt worden. Es kamen dabei fünf Menschen ums Leben. Das »rassenfeindliche Motiv« hatte wieder eingesetzt. Für Mario ein sinnloses Konstrukt. Für ihn durfte jeder doch so sein, wie er war und glauben was er wollte, solange es friedliche Gedanken waren und diese nicht in einen Fanatismus umschlugen. Was hatten sich die Attentäter dabei wohl gedacht? Trugen sie so etwas wie »Empathie« mit sich? Vermutlich nicht, denn Gewalt, sowohl psychisch als auch physisch, war ihr einziges Werkzeug, um sich auszudrücken. Von Kultur, keine Spur!

Gleich würde er da sein, aber was würde ihn erwarten? Küssten sich Johannes und Benedikt? War Paulinas SMS nur ein Vorwand gewesen, um Mario in die Bar zu locken? Fragen über Fragen warfen sich ihm durch den Kopf, aber eines stand dabei fest: er wollte es herausfinden. Er wollte die Wahrheit herausfinden!

Nun war er angekommen. Jetzt gab es kein Zurück mehr für ihn. Was wäre, wenn Johannes und Benedikt sich wirklich miteinander amüsierten. Wie würde er reagieren? Würde er Benedikt, in seiner rasenden Eifersucht, eins überziehen oder doch resigniert es akzeptieren, dass er Johannes verloren hatte? Was feststand war, dass er sich so oder so seinen Gefühlen wieder einmal stellen musste. Er musste wissen was mit ihm und Johannes los war, wie es weitergehen sollte.

Mario schaute vom Eingang aus in das Innere der Bar. Sie wirkte auf ihn wie ein buntes Paradies. So warm und hell. Er fühlte sich kurzerhand geborgen. Paulina, die vor der Tür der Sternchenbar sich mit fünf weiteren Divers Personen unterhielt, erblickte Mario bei seiner Ankunft. Sie brach das Gespräch mit den anderen freundlich ab, und ging auf Mario zu. Dieser hatte Paulina nicht bemerkt, da er fassungslos mitansehen musste, wie Johannes und Benedikt auf einer Couch, etwas weiter hinten in der Bar, wild miteinander knutschen. Ihm wurde schlecht bei dem Gedanken, wo Benedikt Johannes die Zunge überall reinsteckte.

Benedikts Drohung, aus der am Mittwoch von ihm gesendeten SMS, hatte doch eine andere Wendung genommen, als Mario anfangs gedacht hatte. Mario hatte doch gewollt, dass Benedikt sich von Johannes fernhielt und ihm nicht noch mal in den Lippen oder an sonst einem Körperteil von ihm hing. Was feststand war, dass Benedikt sich nicht an die Abmachung mit Mario hielt und somit einen weiteren zwischenmenschlichen Verrat beging…

Ihm schoss blitzesartig durch den Kopf: »Na warte! Morgen werde ich deiner Frau den Chatverlauf von Euch zweien zeigen. Morgen bist du fällig!«. Er wäre am liebsten wie ein Mäusebussard zwischen die beiden Turteltäubchen geflogen und hätte sich Johannes zurückgekrallt. Das Hormon Testosteron hatte wieder einmal sein Unwesen in seinem Kopf getrieben. »*Guter Rutsch Euch beiden*!«

»Ja hallo Mario«, klang es aus dem Hintergrund. Es war die bunt, schillernde Paulina. Mario hatte noch immer Johannes und Benedikt fixiert, welche unermüdlich weiterknutschten und gab nur ein verletztes, nüchternes: »Wie kann er nur?«, zurück. Paulina schaute den starren, in sich eingekapselten Mario an. Er fühlte sich kurzerhand fremd, unsichtbar und nicht da. Als wäre nur noch sein Geist da, so fühlte sich Mario jedenfalls. Hintergangen und belogen, er fühlte nichts mehr. Eiskalt war sein Gemüt geworden. Nicht Boshaft, aber hart und abgekapselt von der Außenwelt.

Paulina ließ in dem Augenblick einen Schrei los: »Oh nein, was kommt denn da? Das darf doch nicht wahr sein?«. Paulinas losgelassener Schrei, ließ Mario aufschrecken und wieder zu sich kommen. Was hatte Paulina gesehen? Mario drehte sich um und sah eine Gruppe junger Männer auf die Divers Gruppe, die etwa sieben Meter von ihnen weg stand, zukommen. Dann ging alles ganz schnell. Ohne Vorwarnung schlugen die jungen Männer, es waren zehn, auf die Divers Gruppe ein. Feige und dumm war diese Aktion! Mario und Paulina waren schockiert, hatten aber noch so viel Reaktionsfähigkeit in sich, um in die Sternchenbar zu flüchten. Beide hätten nichts verrichten können, denn die jungen Männer waren in der Überzahl.

Paulina schloss die Tür hinter Mario und sich zu, und sperrte sie. Sie hörten Schreie und Schläge von Draußen. Einige Besucher, welche im Inneren der Bar waren, bemerkten die geschlossene Tür und schreckten auf. Manche trauten ihren Ohren nicht und resignierten. Andere wiederrum brachen in Panik aus und schrien. Paulina und Mario schauten sich kurz entsetzt an und rannten dann Richtung Tresen. Sie versteckten sich dahinter.

Paulina nahm das Telefon, was auf dem Tresen lag runter und wählte schnell die 110. Mario bemerkte dies, nahm sein Handy in die Hand und wählte die 112. Während beide die Notrufnummern gewählt hatten, brach ein großes Durcheinander in der Sternchenbar aus. Die Panik hatte die Überhand gewonnen und so war die schillernde, ruhige Sternchenbar in ein großes, dunkles Chaosfeld verwandelt worden. Das Geschrei und die panische Angst der Menschen in diesem vernahm Mario. Sie waren alle Opfer einer schrecklichen Gewalttat geworden. Verzweiflung, Wut und Angst machten sich bei ihm breit. Er war nass vor Angstschweiß. Mario legte seinen Kopf in seine Arme und sah nur noch schwarz. Er wäre am liebsten an einen anderen Ort verschwunden. Er wusste nicht genau was draußen vor sich ging. Er wollte es sich in dem Moment auch nicht vorstellen, um durchhalten zu können. Er wusste nur, dass Unrecht durch Gewalt geschah.

Drei Minuten später hörte Mario Sirenen. Die Schläge und Schreie von außen wurden mehr, ehe ein Schuss fiel. Für einen kurzen Moment wurde es still und leise. Was war passiert? Was hatte sich draußen abgespielt? An der Tür klopfte es und ein: »Polizei hier. Sie sind in Sicherheit. Bitte machen sie die Tür auf!«, war zu hören. Mario befreite seinen Kopf aus seinen Armen und warf Paulina einen Alles-Ok-Blick zu. Diese wiederrum sah ihn mit ihrem kreidebleichen, gewordenen Gesicht zitternd an. Das Farbige war verschwunden. Ihr war die Angst im Gesicht anzusehen. Sie zitterte am ganzen Körper, konnte sich aber aufraffen, um zur Tür zu gehen. Sie schloss diese vorsichtig auf. Sie nahm dabei tief Luft.

Zeitgleich musste sich Mario hinter dem Tresen übergeben, so sehr hatte diese Aktion ihm den Magen umgedreht. Er lag regungslos am Boden. Er wollte nicht direkt nachsehen, was sich draußen abgespielt hatte, denn er konnte es sich vorstellen!

Jetzt hörte er andere Sirenen. Vermutlich waren es die der Krankenwägen. Er schaffte es nicht raus zu gehen und blieb mit verschlossenen Augen hinter seinem sicheren Tresen liegen.

Dies tat er ungefähr zehn Minuten lang, bis eine Stimme ihn aus seinem schrecklichen Albtraum mit dem Worten: »Mario, Mario. Alles gut? Ist alles in Ordnung mit dir?«, aufweckte. Mario öffnete die Augen und es wurde ihm bewusst, dass dies alles real geschehen war. Er schaute Paulina an und diese fragte erneut: »Alles okay bei dir?«. Mario schluckte kurz und sagte dann mit einer etwas zitterigen Stimme: »Eh ja… ich glaube… was ist passiert?«. Paulina legte, gebeugt über Mario, ihren Arm auf dessen Arm und sagte mit einer relativ ruhigen Stimme: »Es ist furchtbar. Diese Kerle haben Bernd, Lilia, Angela-Marie, Peter und Mark gewaltsam zusammengeschlagen und sind dann, als die Polizei eingetroffen ist, einfach davongelaufen. Diese feigen Hunde!«. Mario kam wieder etwas mehr zu sich. »Was? Diese Dreckskerle!«, fuhr es aus Mario heraus. Diese Tat war mit Worten nicht zu beschreiben gewesen, so unnötig war sie doch gewesen.

Paulina brach in Tränen aus: »Die Rettungssanitäter wissen nicht, ob die fünf durchkommen, so schwer sind sie verletzt. Es ist so furchtbar!«. Mario nahm tief Luft. Paulinas Nachricht ließ ihn nicht kalt. Paulina fand für einen kurzen Moment ihre Stimme wieder, um Mario zu sagen, dass die Polizei ihn gerne sprechen wollte, um bei ihm eine Zeugenaussage durchzuführen. Mario nahm Paulina in den Arm. Vor einer halben Stunde wäre dies noch undenkbar gewesen, doch die Umstände hatten sich nun geändert. Vor einer halben Stunde, war er noch aufgebrochen, um nachzusehen, ob Paulinas Aussagen, Johannes und Benedikt betreffend, stimmten. Jetzt musste er aussagen. Er musste über eine schreckliche Tat aussagen, über die er nicht viel wusste, denn er hatte nicht viel gesehen, da er gemeinsam mit Paulina davor geflüchtet war.

Mario machte sich gedanklich schreckliche Vorwürfe, dass er vorhin sofort die Flucht ergriffen und nicht versucht hatte, einzugreifen. Doch was hätten Paulina und Mario sonst tun können, als sich in Sicherheit zu bringen und den Notruf zu wählen? Die einzige Antwort darauf war: Nichts, denn sie hatten das einzig Richtige getan. Gegen diese gewaltvollen Bestien hätten sie wenig ausrichten können, dafür waren sie zu zweit nicht stark genug. Mario ließ Paulina, die ein leises »Danke!«, äußerte, los. Ein Polizist kam auf Mario zu und nahm seine Zeugenaussage, die nicht viel zur Aufklärung des Falles, da er sich die Männer nicht schnell genug eingeprägt und nicht viel vom Geschehen gesehen hatte, beitragen konnte, auf.

Paulina hatte etwas mehr gesehen und konnte die ein oder andere Täterbeschreibung abliefern, wenn auch dies ebenso, weil alles so schnell gegangen war, nicht zu hundert Prozent verwertbar war. Nach dem Gespräch mit der Polizei verabschiedete sich Mario von Paulina und verließ die Bar.

Draußen sah er Polizisten vermeintliche Zeugen befragen. Vermeintlich, denn sie hatten nichts gesehen. Sie hatten nur die Schreie gehört. Mario sah zudem Blut auf dem Boden. An manchen Stellen waren es Spritzer an manchen Stellen waren es Pfützen. So unfassbar und wahr war dies alles für Mario geworden. Er konnte nicht weinen, zu sehr war er über die Tat geschockt. »Wo ist eigentlich…?«, kam ihm in den Sinn und er drehte sich um. Kein Johannes, kein Benedikt weit und breit. Vermutlich waren sie vor Mario schon gegangen. Mario wollte nicht nachsehen, nicht nachhören. Er wollte einfach nur fort. Er wollte sein Gedankenkarussell für heute ausschalten und entschied sich, so schnell es ging, nach Hause zu laufen. Doch wo war dies? Wo war sein Zuhause? Hatte er überhaupt ein Zuhause?

An seinem Rückzugsort, in seinem Bett, konnte er die schrecklichen Ereignisse vom Abend nicht einfach aus seinem Gedächtnis verbannen, so dass diese immer wieder in der Nacht aufflackerten. So sehr hatten sie ihn mitgenommen! Einmal kam ihm der Kuss zwischen Benedikt und Johannes in den Sinn, dann wieder das angstvolle Gesicht Paulinas, dann wieder die jungen, gewaltvollen Männer. Alles vermischte sich irgendwann und es entstand ein wildes, chaotisches Durcheinander in Marios Kopf. Bilder die er wohl niemals vergessen könnte…

14. Der Samstagsbesuch von Mario in der »Sesamstraße«

Noch erschüttert von den Ereignissen vom gestrigen Tag, wachte Mario um neun Uhr am Samstagmorgen schweißgebadet auf. Alles in seinem Kopf drehte sich und so beschloss er eine Dusche zu nehmen. Die ganzen negativen Emotionen wollte er wegduschen. Sie sollten einfach verschwinden. Nach der Dusche ging es ihm etwas besser. Er zog sich an und nahm sich fest vor nach Brakel zu fahren, um Benedikts Frau die wahre Identität von Benedikt zu zeigen.

Einige Minuten vergingen, ehe Mario in der Bäckerei ankam. In der Bäckerei duftete es frisch und lecker. Gleich würde es aber sicherlich verdorben und ungenießbar riechen, wenn Mario, bildlich gesehen, der Frau ihren Mann vor ihren Augen nackt auszog. Die nette Bäckereifachverkäuferin begrüßte Mario und fragte was er wöllte. Dieser grüßte zurück und gab an: »Ich muss sie über ihren Mann informieren. Tut mir leid es geht nicht anders! Es muss sein.«

Er war dabei sein Handy aus seiner Hosentasche zu nehmen, als hinter ihm die Tür aufging. Er drehte sich um: Es war Benedikt mit seinen Kindern. Mario war über diesen Besuch überrascht. War es Zufall oder Schicksal gewesen, dass gerade jetzt Benedikt mit seinen Kindern in der Bäckerei erschien, als Mario dabei war, dessen Frau aufzuklären zu wollen? So wie Mario überrascht gewesen war, war es wohl auch Benedikt gewesen. Beide begrüßten sich knapp und sahen sich dabei fest mit einem leicht aggressiven Blick in die Augen. Benedikts Frau stand schweigend hinter ihrer Theke, denn sie konnte diesen Moment nicht einordnen.

»Geht es dir gut Mario?«, fragte Benedikt mit ernster Miene. Er wollte Mario einschüchtern. Mario sah die beiden Kinder an. Mario wusste beim Anblick dieser nicht mehr, ob er Benedikts Frau die Homosexualität ihres Mannes noch beichten oder doch schweigen sollte. Er befand sich in einem Dilemma. Einerseits wollte er Benedikt verpfeifen, damit dieser in seinen Augen seine gerechte Strafe bekam, denn er hatte ihm Johannes weggenommen. Andererseits wollte er schweigen, damit er keine Familie, die nach außen hin intakt wirkte, zerstörte. Er entschied sich für Letzteres, denn er brachte es nicht übers Herz eine Familie zu zerstören, obwohl dies eher auf Benedikts Konto gegangen wäre, denn dieser hatte die heikle Situation herbeigeführt, indem er nicht ehrlich mit sich und seinen Mitmenschen umgegangen war.

Mario nahm wieder einmal tief Luft, zählte bis drei und antwortete auf Benedikts Frage hin: »Gut. Gestern war ja sehr viel Aufregung.« »Das kann man wohl so sagen«, meinte Benedikt in einem, der Situation geschuldet, freundlichen aber kalten Ton. Benedikts Frau konnte die Konversation zwischen den Männern nicht so recht einordnen und sprach ihren Mann an: »Benedikt was ist los? Kennt ihr Euch?«. Mario zuckte kurz zusammen. Natürlich kannten sie sich!

»Alles gut Ilse. Es ist… es ist Mario. Ein Barbesucher. Er war auch in dem Club, wo ich gestern durch Zufall dran vorbei gegangen war und später als Zeuge bei der Polizei aussagen musste, was ich gesehen habe. War schon schlimm«, sagte Benedikt eiskalt. »Der lügt wie gedruckt!«, dachte sich Mario, aber er schwieg und nickte nur.

Die Frau konnte den wahren Grund von Benedikts Aufenthalt zur gleichen Zeit der Tat nicht wissen und sagte mit einer klärenden Stimme: »Oh Gott ja! Schrecklich. Heute in der *Morgen Zeitung* stand, dass die Polizei noch nicht genau wisse, aus welchem Milieu die Täter stammten und welches Motiv sie zu einer solchen Tat bewegt hatte. Sie wollen aus ermittlungstaktischen Gründen noch zu der Tat schweigen. Bestimmt haben sie schon eine Spur, aber möchten es der Bevölkerung nicht mitteilen. Es waren bestimmt Migranten! Wie immer!«.

Benedikt kam hinter den Tresen zu seiner Frau und beruhigte sie. Ihre Kinder hatten an einem Tisch Platz genommen und waren weit weg vom Schuss, doch Mario wollte nicht mehr abfeuern, er wollte die Sache ruhen lassen. Mario dachte rasend schnell: »Natürlich müssen sofort Schuldige gefunden werden und wieder einmal werden die *Migrant*innen* zu *Sündenböck*innen* gemacht. Ist ja leicht eine Gruppe Menschen ohne Beweise zu denunzieren, wenn schon ein schwarzer Schleier, durch Populismus verursacht, vorher über diesen gelegt worden war.

Lieber schnell und einfach, als schwer und lästig. Das Fremde für einen selbst ausstechen und ausschließen, als sich mit diesem zu befassen. Bloß keine neuen Entdeckungen und Erfahrungen machen, welche das eigene Weltbild zerstören konnten, und somit zu anstrengend für das eigene Hirn waren.« Ein gängiges Vorurteil noch einmal zu überdenken, da hatte Mario Recht, kam solchen Leuten nicht in den Sinn! Mario unterbrach sein Schweigen: »Ja es ist schrecklich, aber es ist gut, dass sowohl die Polizei als auch die Presse mit der Informationsherausgabe wartet, solange bis gesammelte Fakten brauchbare Beweise liefern. Alles andere würde auf Theorien basieren und eventuell Unschuldige verdächtigen, was zu Hass und Wut in der Zivilbevölkerung führen würde.«

Mario hatte recht! Schnelle, nicht geprüfte Theorien konnten leicht zu einen Sündenbockmechanismus führen, welcher nur schwer zu stoppen war, und welchem womöglich Unschuldige zum Opfer fielen. Der Rechtsstaat mit seinen Gesetzen war dafür zuständig, die Täter ausfindig und zur Rechenschaft zu ziehen. Nicht die Bevölkerung hatte diese Verantwortung zu tragen, denn dies wäre Lynchjustiz gewesen! Sauberer Journalismus plauderte keine leeren »Vermutungen/Hypothesen« aus, sondern konnte warten, bis die Polizei ihnen sichere Fakten/Erkenntnisse lieferte, was wichtig war, damit keine »Fake News« durch die Gegend kursierten, die einige Mitglieder aus der Bevölkerung sicherlich dazu ermutigt hätten, selbst aktiv zu werden, um ihrem Ventil, bestehend aus Angst und Verzweiflung, gerecht zu werden.

»Ja, aber die Bevölkerung hat ein Recht darauf, zu erfahren, wer die Schuldigen sind!«, fuhr Benedikts Frau Mario kurz an. Ihr Mann versuchte die Situation zu entschärfen, indem er seine Frau beruhigte: »Aber Ilse. Die Polizei wird schon ihren Job machen. Hab etwas Vertrauen in die Justiz.« Mario nickte Benedikt zu und meinte schnell: »Ich nehme gerne zwei Dinkelvollkornbrötchen und einen Kaffee zum Mitnehmen, bitte.«

Brav packte Benedikts Frau alles zusammen. Mario zückte sein Portemonnaie, aber sie sagte ihm, dass es aufs Haus ginge. Mario bedankte sich, schaute Benedikt noch einmal kurz an, verabschiedete sich von beiden und verließ die Sesamstraße wieder.

Draußen konnte er es nicht fassen: Wie konnte ein einzelner Mensch so dreist andere anlügen und betrügen? War Benedikt sich dies überhaupt bewusst, dass er alle so dreist anlog, nur um sich und sein Bild nach außen hin zu schützen? Für Marios Moralverständnis absolut unverständlich. Doch etwas musste er Benedikt zugutehalten: Er hatte wohl den Begriff »Rechtsstaat«, in Bezug auf die Gesellschaft, verstanden. Still und leise wurde es um ihn herum. Er wollte an diesem Tag nichts mehr sehen und nichts mehr hören, so sehr hatte ihn die letzte Zeit mitgenommen. Er wollte nur noch schlafen und sich von dieser Niederlage erholen. Er hatte seine große Liebe Johannes wohl für immer verloren. So schien es ihm. Traurig und niedergeschlagen zog er sich zurück. Was würde nur jetzt aus ihm werden? Er wusste es in dem Moment noch nicht. Doch bald…

15. Das Finale Coming-Out mit einer Portion Schuss

Am darauffolgenden Tag, es war Sonntag, stand Mario leicht bekleidet in seiner Küche und machte sich einen Tee. Sein Schädel brummte etwas, denn er hatte es sich abends noch mit einer Flasche Rotwein auf seinem grünen Sofa gemütlich gemacht. »Immer wieder Sonntags kommt die Erinnerung«, schoss ihm durch den Kopf und er fasste sich kurz mit der Hand an die Stirn.

Alkohol sollte von der Politik doch wirklich etwas teurer gemacht werden, denn er hatte die gleiche Wirkung wie Drogen, wenn man davon zu viel konsumierte. Für Jugendliche unter 21 Jahren sollte es verboten sein, diesen kaufen zu können. Etwas Kritik war im Leben gut, doch es sollte nicht passieren, dass alles, jede Aktion und jeder Satz den man äußerte, willkürlich politisiert und schikaniert wurde, denn dies konnte zu einem Verstummen führen. Überlegen, nachdenken, seine Ideen hinterfragen und andere Ideen verstehen wollen waren hierfür essentiell. Marios Tee stand bereit, um getrunken zu werden. Mario trank einen großen Schluck aus seiner »Diddl Tasse«, die Manuela ihm einmal zum Geburtstag geschenkt hatte. Mario mochte diese niedliche Tasse und das war auch ok! Marios Kopfweh wurde besser. Grüntee hatte doch eine Heilwirkung!

Jedenfalls linderte es die Schmerzen, die durch seinen Kopfautomat, wie spitze Pfeile, fuhren.

Mario ging mit seinem Tee ins Wohnzimmer, und wollte sich auf seinem grünen Sofa gemütlich machen, als es plötzlich klingelte. Mario schaute auf die Wanduhr. Es war neun Uhr. Mario erinnerte sich, dass seine Mutter sich gestern Abend telefonisch bei ihm gemeldet hatte, um zu fragen, ob alles in Ordnung sei und ob sie morgen früh zusammen bei ihm frühstücken sollten.

»Oh Moment Mama, aber so kannst du mich nicht sehen!«, dachte sich Mario und ging in die Küche. Er stellte seinen Tee auf dem Küchentisch ab, nahm die Jogginghose und den Pullover von seinem Küchenstuhl herunter, zog sich Socken an und ging zur Haustür. Er öffnete die Tür und was sah er? Er sah lauter bunt und fröhlich angezogene Menschen. Manuela, Johannes, seine Mutter Petra, seine Brüder Ralf und Tom, seine Lieblingscousine Maria und dessen Mann Lukas, seine Nachbarin Roswitha… alle waren sie zu Mario gekommen.

»Überraschung!«, sagte die Gruppe freudig, die draußen stand. Mario war wirklich überrascht gewesen und wusste nicht, was er mit dieser Überraschung anfangen sollte. Wieso waren sie alle gekommen, was hatte das zu bedeuten? Mario fand die Worte wieder und fragte: »Eh ja, das ist euch gelungen. Was macht ihr hier?«.

Manuela ergriff das Wort: »Nun wir haben uns gedacht… wir müssten dich alle einmal zusammen besuchen, um dir einige Last von den Schultern zu nehmen.« Mario wusste was Manuela mit »Last« meinte und schmunzelte. Diese Idee hier war sicher auf ihrem Mist gewachsen, wenn es auch, wie Mario fand, eine schöne Idee war.

»Lass uns doch reingehen. Hier Draußen im Stehen lässt es sich schlecht frühstücken!«, sagte seine Mutter freudenstrahlend, woraufhin die anderen nickten. »Na dann reinspaziert!«, strahlte Mario und tat einen Schritt nach hinten, um alle reinzulassen. Sie gingen in die Küche, denn sowohl Petra als auch Maria hatten Kuchen gebacken und Ralf und Tom waren Brötchen holen.

Mario war nicht nur durcheinander, dass so viele Leute erschienen waren, sondern auch dass Johannes da war. Er ging zu Johannes und fragte, wieso er gekommen sei, sie hätten sich schließlich nichts mehr zu sagen. Johannes nahm Marios Hand. Mario wollte ihn abschütteln, denn seine Familie wusste noch nichts davon. Oder doch? Johannes bemerkte Marios Unbehagen und lies seine Hand wieder los. Petra hatte dies erblickt, schlich sich hinter ihren beiden Söhnen hindurch, kam zu Mario und Johannes und meinte: »Meinen Segen habt ihr!« »Was hatte diese Aussage denn zu bedeuten?«, fragte Mario sich und sah seine Mutter misstrauisch an. Was würde jetzt wohl kommen?

Es kam so, wie es kommen musste. Johannes nahm Marios Hand und sagte: »Mario ich weiß ich habe die letzte Woche so viel Mist gebaut. Es tut mir leid! Mir ist gestern erst bewusst geworden, wie sehr ich dich mag und wie sehr ich dich vermisse. Das mit Benedikt war ein Ausrutscher. Ein fataler Fehler! Ich bin vor mir selbst weggelaufen. Ich hatte Angst, einfach furchtbare Angst, deswegen wollte ich nichts Festes, aber jetzt? Ich kann mir ein Leben ohne dich nicht mehr vorstellen. Ich sehne mich nach Dir. Verzeihst du mir?«.

Mario schaute ihm tief in seine grünen Augen. Johannes, der etwas kleiner als Mario war, erschien diesem jetzt so vollkommen und stark. Stark, weil er seine Gefühle Mario offenbart hatte. Vollkommen, weil er für ihn den schönsten Menschen auf Erden darstellte.

Mario musste kurz überlegen, griff dann mit seiner Hand Johannes von hinten, drückte ihn an seine Brust und knutschte diesen vor der versammelten Mannschaft ab. Donnerwetter! Er hatte sich getraut mit seinem Coming-Out! Dieses Coming-Out war sprichwörtlich wie ein Schuss gekommen. Ein Coming-Out mit Schuss eben!

Auch Marios Selbstdiagnose war geglückt, denn er hatte Johannes Herz für sich gewinnen können.

Diese Sorgen und Mühen hatten sich für ihn gelohnt, denn er würde gleich mit einem Ring belohnt werden. Beide ließen wieder voneinander. »Oh wie schön!«, meinte Petra und die versammelte Mannschaft schaute nach wie vor auf die beiden. Mario und Johannes standen im Zentrum des bunten Kreises, der sich um sie schloss. »Willst du mich heiraten?«, fragte Johannes Mario und wollte diesem, wie selbstverständlich, schon den Ring anziehen, als dieser ihm entgegnete: »Nein!«

Ein Staunen machte die Runde mit: »Oh und Uh.« Johannes lief eine Schweißperle über die Stirn. Er wollte auf keinen Fall, dass Mario ihm jetzt wie der »DeppGPT«[4] antwortete, sondern etwas liebevoller, als ein Roboter das je tun könnte. Schließlich waren sie zwei mündige Menschen und keine kaltherzigen Roboter, die sich böse Worte zuwerfen mussten. Jonny hoffte doch noch auf ein Wunder, was in Bezug auf ihre Liebe positiv ausfallen sollte. Es musste doch!

Mario schaute in die Runde, dann wieder zu Johannes und sagte entspannt: »Erst, wenn du bei mir eingezogen bist! Woher will ich nicht!«. Johannes halb erschrocken, schüttelte den Kopf, zog Mario

---

4 Siehe dazu: https://www.der-postillon.com/2023/05/deppgpt.html. Von dieser KI erfährt man nur liebe Worte und sie hat für ziemlich alles eine Antwort parat… ;)

den Ring an und meinte: »Ach Mario du… das lässt sich einrichten!«, und beide küssten sich im Beifall der anderen. Mario unterbrach den Kuss zwischen beiden: »Du bist mir nicht peinlich, Johannes! Ich will mit Dir gesehen werden!«

Manuela hatte freilich als Ratgeberin und als Freundin genug getan, denn nun war Mario vor einem Teil seiner Familie geoutet und beschloss auch in Zukunft weniger zu denken, was andere von ihm und seiner Sexualität hielten, denn er wollte frei als Homosexueller in der Gesellschaft akzeptiert werden. Das Recht hatte er schließlich, dass er so akzeptiert wurde, wie er war!

»Sollen doch andere denken, was sie wollen! Hauptsache ich bin mit mir und meinem Leben zufrieden und fühle mich in meiner Haut wohl!«, dachte sich Mario ab dem Moment des Coming-Outs immer öfters. »Lass die Leute reden!«[5], war sein Motto geworden. Er wollte sich nicht mehr verstecken. Er wollte gemeinsam mit Johannes von der Gesellschaft gesehen werden.

Und wenn sie noch nicht gestorben sind, dann besuchen sie die ★Sternchenbar[6] noch weiterhin.

---

5 Die Leser*innen werden jetzt sicherlich an den Song »Lasse redn« von den »Ärzten« denken.

6 Das Sternchen aus der Gender-/Queertheorie Sprache.

Halleluja, wenn sich alles so einfach erklären und lösen ließe auf dieser Welt, wie würde dies wohl aussehen?

Eine bestimmte Schreibweise, eine Korrektur der Sprache sieht vielleicht schön aus, ändert aber nichts, wenn die Idee nicht vorhanden ist, sein Verhalten zu ändern!

Ein Miteinander mit Respekt und Liebe, Anstand und Toleranz, Mut zur Vielfalt und Akzeptanz: so sollte die Welt in naher Zukunft aussehen!

Für all die Leser*innen die dieses Buch lesen, fühlt euch als Teil der Lösung und vergesst eines nicht: Mit Druck erreicht ihr nichts!

Einen anderen nicht öffentlich anprangern, sondern ein friedvolles Miteinander schaffen.

Auf andere zugehen, statt sie wegzustoßen.

Eine Verzauberung und Entzauberung zugleich.

Die liebe Meinungsfreiheit sie soll gegeben sein, auch wenn sie die ein oder andere Gedankenfreiheit bricht.

Eine Meinung besteht aber nie aus Hass, sondern aus Verstand!
☹ → ☺✋

In gut funktionierenden Demokratien so soll es sein, herrscht kein Platz für Manien!

Unsere Popcornkultur könnte bunt und vielfältig werden ☺

Prosoziales Verhalten und Verantwortung übernehmen

Eine gemeinsame, pädagogische Liebe für eine bessere Zukunft

Eine Märchenwelt in die Realität holen ♥

♥ Liebe statt Hass! So wird heutzutage umgedacht! ♥

(P.S. Immer das Kleingedruckte am Schluss lesen: Achtung diese Lektüre eignet sich nicht für Leser*innen die Schwarz-Weiß und/oder in Schubladen denken… Das, so muss ich leider zugeben, hatte ich am Anfang der Lektüre vergessen zu erwähnen. Tut mir leid! :))

The End♥